愛

主人の背中

東京図書出版

まえがき

十九歳で結婚、二十歳で子供を授かり、その後五人の子供の母となり何不自由ない生活を送っていた家族。

平凡だが幸せな生活を送っていた夫婦に結婚十年目に亀裂が入り始めました。

それは、ささいなたった一言から始まりました。

それまではとても頼りがいがあり優しく誇りにさえ思っていた主人。

しかし、あの時以来、約十五年間主人からの暴言、暴力でとてもつらい日々を送る事となったのです。

子供達がやはり一番大切、子供達に支えられ、どうにか日常生活を過ごしてきました。

舅の死、主人の裏切り、姑の認知症、主人の癌告知、そして東日本大震災。なぜ、こんなにもいろいろ物語があるのかと思います。

ある日、主人の暴力から逃れるため一旦保護施設へ避難、離婚を決意して自立へ向かって準備していく中での気持ちの変化、悩んだ末、またやり直そうと強い決意をもっての再出発、なにかと波瀾万丈でした。

夫婦というものを考えらせられた約二十五年間でした。

私は岩手県の県庁所在地である盛岡市で生まれ育ちました。周りは特に何もなく田舎です。有名な所では、岩手山でしょうか。

母は四十歳、父は五十歳という両親とも高齢の時に、一番上の姉とは十五歳、兄とは十歳の歳の離れた三番目の二女としてこの世に誕生しました。今でもかすかに記憶にあるのは兄の、多分高校生の時の制服姿だと思います。姉に関しては私が小学校の多分低学年の頃でした、結婚式で白無垢を着て角隠しを被った姉と一緒に写真を撮ってもらったのを覚えています。だから姉に子供が生まれて私に甥っ子ができ、おばさんになったのも小学校低学年でした。

このように私と姉、兄は歳が離れていた為あまり兄弟という感覚がなく、小さい時は会話もあまりありませんでした。ものごころがついたときにはすでに姉は嫁に行き家にはおらず、すでに就職していた兄がいるという印象なので私はどちらかというと一人っ子という感覚でもあり、子供の頃はよく歳の近い兄弟がほしいなと思ったものでした。末っ子なので、どちらかというと甘やかされて育ったのかもしれません。

その当時は専業農家をしていた両親のもとで育った私は保育園へ、数名の友達と路線バスで通っていました。小学校もほとんどバス通学で、今では考えられないですね。中学校は自転車通学、高校は自転車と電車でした。

地元の高校に通っていた私は卒業間近となり就職を考え、東京のある企業を受けたのですが見事に不合格。就職か進学か決まらないまま月日だけが過ぎていき、あせりはじめた私は仙台のビジネス系の専門学校に進学を希望しました。特に何かしたいとか、将来に特別な思いもなく就職にも迷いがあった私の、ただなんとなくというそんな軽い進路決定でした。学費の出費を考えると年老いた両親には申し訳ないと思う気持ちがありましたが、一年過程のコースを専攻しなんとか両親に説明すると、二人は特に何も言うことなく私の話を聞き入れ見守ってくれました。

そして遂に今日から仙台での暮らしが始まり今まで生まれ育った家とも別れるという日

を迎え、私は一人でいつもと変わらず近くに買い物にでも行く感覚で長年住み慣れた家を出ました。友達は皆すでに就職、進学とそれぞれの道に歩んでいて一番最後にその土地を離れていくのが私でした。ですから見送りもなく閑散としていたのを覚えています。ただ強がりを言わせてもらえば、友達との別れで寂しい思いはしなくてすんだということです。

仙台に着くと、今日から知らない人達との共同生活が始まるということを考え、いろいろ複雑な気持ちが入りまじったのを覚えています。これから一年間生活を共にする人達と顔あわせをし、この人達がどんな人達なのかと、とても不安でした。

こうして山形県、秋田県、宮城県、岩手県それぞれの田舎から出てきての一部屋数人での寮生活、見ず知らずの人達との共同生活が始まりました。寮といってもマンションの一室を何部屋か借り一部屋に約四、五人での生活というもので門限は夜十時でした。

初めての共同生活でしたが、毎日の食事当番、洗濯当番、掃除当番、そして一カ月の生活費を決め、無駄をしないように買い物をし皆で協力してやっていました。それまで、家ではほとんど家事などしたことがなかった私。当番制だったので何かを作ってはいたと思うのですが、何を作っていたか今となっては全く覚えていません。実家は田舎なので野菜だけはいつもあったのですが年老いていた母もそんなに料理のレパートリーもなく毎日ご飯と野菜、それが当たり前だと小さい時から思っていたので、特に料理に関して何か言ったことはありませんでした。

当時を振り返ると、よくやっていましたね。

学校が同じ、帰る場所も同じといっても、そう毎日皆と一緒にいるわけではなく一人だけで街を歩くこともよくありました。

いくらかでも金銭的に親にかけている負担を減らしたいと思い学校の帰りにバイト探しをしたものです。共同生活だとなにかと気を遣う部分がありバイトをするのも難しく、同室の人達は誰もしていませんでした。

当時は無駄遣いなんてできるわけもないのでお菓子もほとんど買って食べた記憶がなく、つつましく暮らしていたと思います。

その成果かどうか分かりませんが、当時体重が五kgぐらい減りズボンなどお腹周りが少しぶかぶかになったのを覚えています。今ではできるならば、もう一度あの時に戻りたいほどですが（笑）

寮生活が始まって間もなく、同室の一人の子が部屋を出ることになりました。毎日の満員の電車通学に耐えられなかったとのこと。田舎育ちの私も最初、朝の電車通学時の混雑には驚きました。テレビではよく見る光景でしたが、まさか本当に毎日こんなとは、そしてその中に自分がいるということにも驚きでした。たかが朝の電車通学ですが、あの生活に慣れるまでは本当に大変でした。他に暮らす場所を探すとなると当然ですが、お金が大変になるので私にはできませんでした。ですから、その子を少し羨ましく思ったのを覚えています。

そしてその子がいなくなり四人の共同生活になりました。

そんな中、もうすぐ夏休みという時、今の仙台駅の前にある百貨店に当時人気のあったアイドルがほんとに小さなちょっとしたイベントに来るということを知った私は、やっぱり仙台なんだ、田舎とは違う、本当にアイドルにすぐ逢えるもんなんだなと思ったのを覚えています（田舎丸出しです）。

そしてその当日、目の前でそのアイドルを見、すぐ寮に帰るのも時間がもったいないなと思った私は仙台駅のデパートに立ち寄りました。お金は当然なく、ただぶらぶら見ていた私は、あるところで本当に偶然に高校の時の同級生に出会ったのです。こんなことって本当にあるのですね。

彼女は全然気がつきませんでしたが、私のほうから「○○ちゃんじゃない？」と声をかけたのでした。彼女は仙台の短大に進学し、そのときは友達二人といました。そして連絡先を聞き、少し話をすると彼女が一人でアパート暮らしをしていることを知りました。当然その当時、携帯はなく部屋に電話もありませんでした。電話をしたい時は寮の近くの公衆電話を使う、それが普通でした。彼女と出会って数日後、私はおもいきって彼女に電話をしてみました。すると彼女は「今度泊まりに来ない？」と誘ってくれました。高校の時はそれほど話したこともなく挨拶ぐらいだったのに高校卒業後たまたま違う地で再会、なんか本当に不思議な感じでした。

それからも何回か電話をするようになり、私は彼女のアパートに泊まりに行くことになったのです。そして数日後、彼女と夕方仙台駅の近くで待ち合わせをし彼女のアパートへ向かうことになりました。友達は「歩いて行く？　バスで行く？」と聞いてきたので、バス代のお金にも余裕がなかった私は「歩いて行ける距離？」と聞くと、彼女は「歩いて行ける距離だよ」と言うので歩いて行くことにしました。でも、実際歩いたら結構距離があり三十分くらいは歩いたでしょうか。いいえ、もっと歩いたかもしれません。今考えてもよく歩いたなと思っています(笑) 仙台に全く慣れていなかった私には思った以上に遠く感じました。当時一人暮らしをしているという彼女が私には少し大人びて見えました。私は寮生活で共同生活、毎日の生活にも余裕がなく切り詰める生活、その当時の彼女を見ただけで贅沢しているとかではないのですが学生生活を楽しんでいるなと勝手に思ったものでした。

その彼女の部屋に着いて私は戸惑いながらもお邪魔をしました。お互い仙台に来てからの学校でのこと、「どこの学校で、何を学んでいるの?」とか、数人で共同生活をしている私の寮生活のこと、毎日の食事の仕度とか、「休みは何をしているの?」などたわいもない十代の会話をしていました。深夜になり眠りにつこうと思ったのですが緊張もあり、この時はなかなか眠れませんでした。

しかし、彼女のアパートに泊まった翌日の事です。この日がのちに私の結婚相手となる主人との出会いになるのです。……彼女の部屋にその男性が現れたのです。そのときは挨拶程度で終わり近くの駅まで送ってもらい、彼女とはまた会う約束をし、その日は別れたのでした。

数日が経ち夏休みに入るので私は実家の岩手に帰りました。私が通っていた学校は夏休みが一カ月半ぐらいあったので実家に帰った私は近くのお菓子屋さんで夏休み期間だけのバイトを始めました。

何日か経ったある日、実家に一本の電話があり、それはその友達からでした。夏休みが終わって仙台に来たら、また会おうという電話でした。わざわざ実家まで、特に急ぎでもないようなことなのに電話をかけてくるなんて、なんで？　と正直思ったものでした。

その後夏休みも終わり仙台に帰るという日、母に送られて一緒に歩いて駅まで行きました。寮生活で大変なのを分かっていて、いくらかでも生活費を節約できるように母は私に「これみんなで食べなさい」と言って、持てるぐらいの量のお米を持たせてくれました。電車に乗った私は、発車と同時に涙が溢れてきました。別れ際までは我慢して普通にふるまっていたのですが、電車に乗って母とさよならをしたとたん母の優しさが身にしみて涙が溢れてきたのです。その時、私は仙台に着くまでの新幹線の中で親の思いをつくづく感じました。

仙台に戻った私は数日後、その彼女に電話をしてみました。するとその電話の中で聞いた話では以前会った男性は二十五歳で独身、中華料理店を経営しているということ、趣味はバイクに乗ることで、レースにも出ていたということ、中華料理店が忙しい時など人手が要るときは知り合いを通して時々手伝いの人を探してもらっているということで、そこで当時大学生だった彼女にも友達をとおして声がかかり彼女は中華料理店の手伝いをやり始めたということでした。

その後も何度か電話をしているうちに、その男性が私のことをいろいろ知りたがっている事などを聞きましたが、その当時、私にはのちに主人となるこの男性はとても年上に見えました。当時私は十八歳、二十五歳はかなり上に見えたのです。見かけも歳より上に見え、どちらかというとあまりタイプではありませんでした。いいえ、全くタイプではありませんでした。だから全く興味がなく会ってみたいとも全然思いませんでしたが、彼と会って間もない夏休みももうすぐ終わりという日、私は十九歳の誕生日を迎えました。誕生日の当日であるにもかかわらず彼は、なんと十号のケーキをケーキ屋さんに頼みました。

それには私もちょっと驚きました。小学生の時などはあまりお金に余裕のない家でしたが、それでも何度か友達を呼んだり、また呼ばれたりと誕生会をした記憶はあります。しかし中学、高校ともなれば誕生会などやる機会もなかったし本当に突然のことでした。十号という注文に、しかも当日ということでお店の方も戸惑っていたように思います。そしてその夜、友達も含め彼の家で、初めて彼の両親ともお会いし私の誕生会となったのです。

その時の、のちに舅となる彼の父親はものごしのやわらかい優しい人という印象で、母親はとても恰幅が良く父親とは対照的によくお喋りする人だなと思ったものでした。

数日後、友達に電話をした時に、「今度バイクのレースがあるので観に行かない？」と誘われ、その時初めてバイクのレースを観たのでした。もちろんサーキット場自体も初めてで、目の前を大きなバイクがタイムを競い次々と通りすぎていく光景は圧巻でした。

それからバイクのレースがある時には声をかけられ、彼がそのつど送り迎えをし、電話は彼が営んでいる中華料理店にするというのが日課になっていきました。

それから私と彼との距離も縮まっていき、いつしか付き合うようになったのです。

平日は学校に迎えに来て、土・日は寮まで迎えに来てくれ毎日のように会うようになりました。一言で言うと彼はとてもマメな人でした。

彼と出会って間もない頃、同じ部屋の子達にも「一緒に出かけない？」と何度か遊びに誘ったのですが、なかなか気がのらなかったようで、結局、一度彼を紹介しただけでした。

私は寮生活で門限が十時だったので学校が終わったら彼の仕事場へ、そして毎日門限に遅れないように寮に送ってもらう、そんな生活が続きました。

そのとき同じ部屋には他に三人いたのですが、私が毎日そういう生活をしているのがだんだんに気に入らなくなってきたのでしょう。学校でもあまり話さなくなりました。寮では同部屋の子達と当番制でいろいろ家事を分担していたのですが、私が出かけてばかりいて家事をしないことがあったりということもあり喧嘩をしたわけでもないのですが徐々に距離をおくようになりました。

決定的になったのは、今だから言えることですが、その年のクリスマスイブに友達と彼の家でクリスマス会をした時に、寮にある私の荷物をその日のうちに彼の家に運び出し、半同棲状態となったことです。寮はそのままで門限の時間までには行き点呼を終えたら、また彼の家に帰るという生活を私が卒業するまで続けました。このような生活をしていた私は同じ部屋の友達から少しずつ孤立し始めました。友達から見たら私のしていることは、ふしだらのように思えたのかもしれません。

それからは私も無理に友達との距離を縮めようとはしませんでした。

月日は経ち学校生活も終わりに近づき、その後の就職を決める時期となりました。医療関係の専門学校で学んだ私は医療関係の仕事に就きたいと思っていたのですが、彼に自分が経営している中華料理店に就職するようにと説得され、彼のお店に就職を決めたのでした。

田舎にいる母親にはなんとなく彼の存在のことは知らせていました。そのときは特に何も言われなかったのですが、後で聞いた話だと、笑い話になるのですが「どこだかわけの分からない者につかまったんだか、もう、娘のことは諦めよう」なんて言っていたとのこと。全く知らない土地に来て何処の何をしている人間かなど心配は尽きなかったと思うのですが、よく何も言わず見守っていてくれたなと思います。

見守っていてくれたのか、諦めていたのか、多分後者の方だったと思います。

その後同じ部屋の彼女達とも、そして田舎の高校の友達とも離れ離れになり、皆が何処に就職したかなど分からないまま卒業を迎えました。それぞれの道へ旅立ち、私はそのまま彼の家で生活をし完全に同棲を始めました。

主人の家族構成は時計と宝石店を営んでいる父、看護師をしている母、そして妹で、そのときは妹はすでに県外に出ていていませんでした。主人の家族は複雑で、その当時いろいろ問題を抱えていたようでした。主人の母は私が彼の家に住むようになった頃には家を出ており一緒に住んではおらず、彼はお父さんと二人暮らしでした。

彼のお父さんもよく何も言わず、よく知らない私を家に入れてくれ家族のように接してくれたなと思います。舅はいわゆる仕事人間、仕事が生きがいで休みでも仕事をしているような人でした。ですから彼と一緒に住むようになってからもほとんどお店に寝泊まりするような生活で毎日会うわけでもなく、細かいこととかも何も言うような人ではなかったので自由にさせてもらい本当に感謝しています。

でも、のちに聞いた話では、この舅は昔はかなり姑に暴力を振るっていた時もあり、姑はとても苦労したそうです。そんなことをするような人には全然見えませんでした。とても穏やかな人でした。

私は毎日彼と出勤し一緒に帰る、そのような生活がしばらく続きました。学校卒業後、寮の友達とも、そして高校の時の同級生とも会うことはなく連絡先も分かりませんでした。数日後、私はいきなり中華料理店の主人の奥さん、そう紹介されるようになりました。商売など全く分からないまま主人についていく、そんな日々が続きました。

主人のお店は、その当時周りには何もなく、今では考えられないのですがコンビニどころか食べ物屋さんもなく田舎で田んぼや畑の中にたたずんでいるようなところでした。

学校を卒業したその年の五月、改めてきちんと私の実家に挨拶に行くことになりました。そのとき実家にいたのは年老いた両親と十歳離れた兄、兄はまだこのときは独身でした。誰とでもすぐ話ができる主人は気負うこともなく私の家族とうちとけ、どちらかというと田舎暮らしの私の家族の方が緊張していたのかもしれません。夕食は母がてんぷらを作って振る舞いました。料理に少しばかりうるさかった主人なので母の料理に少し私が緊張したのを覚えています。私の両親に主人からの正式な言葉があったかどうかは今でも謎？ですが、何とか和やかに時間は過ぎていったように覚えています。そんな初めての私の両親と主人との出会いでした。

実家への挨拶も済み一安心し、翌日仙台へと帰ったのでした。その時、実際の主人を見て両親も安心したようで「お互い上手くやりなさい」と帰り際に声をかけられたような思い出があります。そして、またいつもの生活が続いていた七月のある日私の体に変化が現れました。そう、つわりでした。つわりが酷くなる前に車の免許を取り一段落したものの毎日のつわりと夏の暑さでとてもつらかったのを覚えています。

籍もまだ入れていなかった私達は八月十三日に婚姻届を出し、改めて夫婦となりました。そのとき私はまだ十九歳で親の承諾が必要であり、親に報告とお願いをした記憶があります。当時、十九歳だった私に両親は何も言わず受け入れてくれました。数日後病院に行き妊娠を改めて実感し喜んだのを覚えています。予定日は四月でした。わくわくした嬉しい気持ちの反面つわりが酷く、つわりとの闘いでした。何かジュースを飲んだだけでも具合が悪くなるほどつらかったのですが、つわりに負けじと頑張って無理してでもご飯を食べ、つわりと闘っていたのを思い出します。そのつわりも妊娠四カ月頃には嘘のように徐々におさまりおちつきはじめた私は、今度は逆に食欲が出て元気になりバイクで買い物に行ったりと周囲をはらはらさせたりしていました。

この頃には仕事も以前のように手伝い、順調に妊婦生活を送り体重も十kg近く増えました。七、八カ月のときには主人のお店の近くに今の家を建て、十二月の暮れに引っ越しをしました。ここ一年足らずでこの地の辺りも徐々にですが変わろうとしていました。この年の十二月は年の瀬とは思えないほど暖かく穏やかな天気だったように覚えています。

そして大晦日には新築の家で年を越し、出産を待つばかりとなっていました。

年が明け、私は二十歳の成人式を迎えました。お腹が大きかった私は実家には帰らず式にも出ず、姑の勧めで写真だけを撮りに行ったのを覚えています。三月半ばの朝、異変に気づき目が覚めました。破水でした。遂にこの時が……すぐに病院に電話をかけ荷物を持ち、即入院、でもこのあとが長い闘いとなりました。

病院のベッドの上でも起き上がれず寝たままの状態でとてもつらい思いをしました。また後から入院してきた人達が次々に出産をしていき、切ない思いをしたのを覚えています。出産を促す促進剤を使い寝たきりの入院生活の四日目頃の夜中、やっと出産ということになり分娩室へ。そして無事男の子を出産。二十歳で母親になった瞬間でした。初めてづくしで大変でした。しかも赤ちゃんは黄疸で保育器に入ったり心臓の音に少し雑音があると言われたりで、心配はつきませんでした。

その長男も今では三十代前半となりました。

二十歳という若さで出産した私は、お医者からの「若いからすぐ元に戻るから」という言葉を信じ、実家の母に手伝いに来てもらっていたのですが、母が帰った後とかは家事、洗濯などちょっとぐらいなら大丈夫だろうと過信して普通に動いていたら体の戻りが悪く再健診になったのを思い出します。

幸い姑が看護師で、いろいろ手伝ってくれ本当に助かりました。子供が生まれたのを機に家を出ていた姑、そして舅も、家で寝泊まりするようになり一緒に暮らし始め、私達の子育てが始まったのです。

夜子供をお風呂に入れてくれるのは姑でした。首が据わった頃、泣いたりぐずったりしたときなどにはおんぶしながらよくあやしてくれたものでした。主人も子育てには協力的でオムツを替えるのは日常的にやってくれていました。

出産したばかりの頃は、実家の母に来てもらい身の回りの世話をしてもらっていたのですが、中華料理など食べたことがなかった母のために時折、主人は仕事を終え帰ってきてからもわざわざ中華料理を作ってくれたりしたものです。

主人が仕入れなどで出かけるときは私が子供を背負いながらお店を切り盛りし、子供がお座りができるようになると、主人が子供を車に乗せて一緒に出かけてくれることが多くなりました。

この年に私は主人と息子と私の両親と、主人の仕事を兼ねて初めて温泉旅行に行ったのを覚えています。これから何回両親と温泉旅行に行く事が出来るか、私の楽しみも増えたのでした。やっと親孝行が出来ると……。

そして三年後、二人目を妊娠し、この時には出産一カ月前に羊水過多で入院となり、家族にはとても迷惑をかけてしまいました。主人は毎日のように息子を連れてお見舞いに来てくれていましたが、お店もあったのに本当に大変だったと思います。息子は当時流行っていたキョンシーのビデオがとても好きで、毎日お店で何十回も繰り返し観ていたそうです。

入院して一カ月になろうという十一月の予定日当日に、女の子を出産。入院をしていたということもあり心配していましたが、何事もなく無事生まれてきてくれました。

この時も実家の母に来てもらいお世話になりました。しかしこの子が生まれた時には私の父はもうこの世にはいませんでした。長男が二歳の誕生日を迎えた数日後に交通事故で亡くなったのでした。

その日の夕方、一本の電話がありました。実家の母からでした。母は突然電話口で「じいちゃんが死んだ。車にひかれて死んだ」と話してきました。本当に突然に。私は「えっ？」と最初、母が何を言っているのか分かりませんでした。私も呆然として涙したことを覚えています。母が言うには「地区の寄り合いがあり食事会を終え、その帰り道に道路を横断していたところをひかれた」というのです。しかもその後、二台目にもひかれてしまったというのでした。なんとも言いようがありません。しかし、死因を確かめるため司法解剖をしたのでした。当時なかなか父をひいた相手が捕まらず、そのニュースがテレビで何日か流れていたのを思い出します。この当時相手をものすごくうらんだものでした。そして数日後、ようやくひいた相手が捕まり直接家に謝りに来たのを覚えています。私はこの時、相手をものすごく恨み、にらみつけたのを思い出します。父がもう少し生きていてくれたら、まだまだ一緒に温泉に行く機会もあっただろうに、これからだったのにと悲しい思いをしました。

父は普段から口数が少なく私が年老いてからの子供ということもあったからなのか、一回だけ怒られたのを覚えていますが、あまり会話もなくほとんど話さないという印象でした。

この時に生まれた長女も、もうすぐ三十歳になります。

一人増えての子育て、でも上が男の子で二番目が女の子だったからでしょうか、姑の手伝いもあり主人も子育てに協力的だったからでしょうか、それほど悩んだ記憶はなかったように思います。恵まれていたんですね。

長女が一歳を過ぎた頃でしょうか、コンビニとして今まで貸していた一階のお店のオーナーが辞めることになり突然、大家である私達がそのまま引き継ぎコンビニを経営することになったのです。

まだ小さい二人の子供の子育てをしながらの仕事には、もちろん不安はありましたが主人がとても子供達の面倒を見てくれていたので、どうにかなるかなという軽い気持ちで私もコンビニをやることに賛成しました。それからは中華料理店とコンビニと二つのわらじをはくことになりました。

主人はその当時、午前中はコンビニの商品の仕入れによく子供達を連れて出かけ、私がコンビニで働き午後帰って来たら主人は中華料理店へと、その時は営業時間を考えて忙しい毎日を送っていました。子供達も当時はコンビニで遊んだり邪魔にならないようにお店の隅で遊んだりと、お店同士は目と鼻の先だったので行き来していました。

今ではとても考えられませんが、とても活発だった下の娘は上の兄によくついて車通りのある信号を渡り、兄の幼稚園の友達の所に行ったり、自分達で公園に行ったりしていました。兄が一緒に遊んでくれて正直助かっていたのでお兄ちゃんがとても頼もしく思えたものです。

ある時こんなことがありました。兄の幼稚園の友達のお母さんから電話がかかってきました。その電話の内容は、「下の妹さんまで連れてこられると家のおばあちゃんが見ることになって、おばあちゃんが大変なので、すみませんが連れて来られるのはちょっと」ということでした。その子の家も両親が共働きで、おばあちゃんが子供達を見ているとのことでした。そんなわけで幼稚園にも行っていない小さな子供がいると見ないわけにはいかないが、おばあちゃんにしてみれば大変だというのです。それは当然です。私も少し甘えていたなと改めて気づかされました。どこかに遊びに行ってくれていた方がお店で働いていた私には楽だったこともあり、すっかり甘えていました。

慣れない仕事で毎日疲れて大変でしたが、この時姑自身もまだ働いていたにもかかわらず、時間があるときは少しでも家事をしてくれていたので助かっていました。そんな忙しい毎日が過ぎ私は三人目を妊娠、この時もやはりつわりが酷く、コンビニで働きながらもつわりが治まる時までつらかったのを覚えています。

主人は中華料理店、そして私はコンビニと忙しい日々を送ることとなり、三人目を出産した時も実家の母には来てもらっていましたが、退院した翌日にはお店に入り、仕事をしていました。今思うと体に無茶なことをしていたなと思います。

この頃にはさすがにバイトの人はいましたが、性分なんでしょう。あまり人任せにできない性格もあり、私もなるべくお店に出るようにしていました。幸い主人は仕入れなどで出かける時はいつも上の子供二人は連れて行ってくれていたので、私は三人目の生まれて間もない赤ちゃんを見ながらコンビニを切り盛りしていました。でもそんな簡単な日々ではありませんでした。全員母乳で育てた私は、この子の時も母乳で育て、オムツを替え、その間にもお客さんが来ての対応、何で泣いているのか分からず困り果て、イライラしていた時もよくありました。

そんな中、前々から話はあったのですが、今度は主人が釣り具店をやることとなったのです。今までは趣味程度でよく出かけていたものですが、知り合いの人の協力もあり自ら釣り具店を経営することとなったのです。その事業を始めるまで準備に追われて忙しい毎日でした。主人はやりたいと思ったらすぐ実行する人でした。趣味だけにとどまらず実現させてしまう人です。どうにか釣り具店の経営が始まり、中華料理店は従業員が三人ばかりいたのですが徐々に任せる形になり、釣り具店の経営に向け忙しい日々が続きました。

三番目の子はほとんどコンビニで子守をしながら育てたようなもので、前にも記しましたが、退院して翌日から生まれたばかりのこの子をお店に連れて行き、泣けば抱っこ、おんぶとあやし、寝かしつけていました。さすがにお店でハイハイをさせることはできなかったのですが、つかまり立ちする頃には歩行器に乗せ、なるべく少しでも自由に動ける環境を作ってあげたかった私は、お菓子も多少はいじらせていたため陳列のやり直しの繰り返しで、お店での一日はあっという間でした。

自分でイライラしないように心がけてはいるものの毎日の生活なので、時には子供にあたってしまうこともあり、可哀想なことをしました。

またお店で使っていたベビーベッドからひっくり返って、おでこにたんこぶをつくってしまうなど、可哀想な思いをさせてしまったことも度々ありました。

この時とても心配になったことは、この子が四カ月検診の股関節の脱臼検査で要検査となったことです。結局何事もなく大丈夫だったのですが、よく育てたなとあの頃を振り返って今でも思います。

この頃からでしょうか、仕事や子育てに対しての自分自身へのイライラがつのっていたのかもしれません。何が原因というわけでもないのですが、姑との関係が少しずつ悪化しはじめました。何だったのでしょう？　一緒に住み、慣れていくといつの間にか小さな不満が積もりに積もって大きくなり、姑の何から何までやることなすこと全てが嫌でたまらなくなっていきました。

疲れながらもお店で子供を見ながら仕事をしての生活で、安らぎたい自分の家なのに仕事を終えて家に帰るのが憂鬱でたまらない日々が続きました。原因は何だったのか今でもよく分かりません。いわゆる嫁、姑の永遠のテーマなんでしょうか。

家に帰っても「お帰りなさい」や「おつかれさま」と言われることもなく、先にお風呂に入ろうものなら「いつの間にかお風呂に入って」などと言われたりもしました。四人目を妊娠し大きいお腹をしながらも頑張ってコンビニで働いていたのですが、小言を言う姑に、毎日のイライラがつのっていきました。三番目の子は姑に連れられてよく舅のお店に出かけていました。この頃になると姑も仕事を定年で退職し、舅のお店を手伝っていたのです。そんな中、姑が体を崩し入院することとなったのですが、この辺りからいちだんと姑の私に対する風当たりが酷くなりました。精神状態が少しおかしくなり退院してからも不安定な日々がしばらく続きました。

三番目の娘は私といるより姑といることの方が多かったので、私は私でそれも気に入りませんでした。姑としては子供達の面倒を見ながらお店で働いている私が、少しでも楽になるようにという考えがあったのかもしれません。しかしその頃は、そのことも良く思わなかった私は、わざとということと言いすぎかもしれませんが、早めに子供達を公園に連れて行ったりしたものでした。

そんな憂鬱な日々が続きながらもコンビニで働いていましたが、夫への不満も日々徐々に膨らんでいき、働きながらの三人の子育てにはやはり無理があると思い、四人目の妊娠を機に思い切って私はコンビニの仕事を辞めることにしたのです。主人も結局中華料理店を手離し釣り具店に専念し、しばらくは私も子育てに専念していたのですが、あるとき舅に自分のお店を手伝ってほしいと言われました。そうなると毎日姑と一緒になるということを考えると、精神的に嫌で嫌でたまりませんでした。当時は毎日お店と家でも一緒なんて考えるだけでもつらいものがあった私は舅には申し訳なかったのですが、結局お断りしました。

舅のお店を手伝うことはありませんでした。その後私は徐々に釣り具店を手伝うようになり、車で約二十分くらいの距離へ小さな子供を連れ、今度は釣り具店で働くことになりました。

コンビニで育ったといっても過言ではないその次女も、今では二十歳代後半に、そして三女もいわゆるよく言われるお肌の曲がり角の歳になりました。

近くに姑がいないという距離感も私にはほんの少しですが、安らぎにも思えたのです。

その後二男を授かりました。

この子の時には主人は言うまでもなく釣りにはまっていて、よく長男を連れ夜釣りに行っていました。今では笑い話になるのですが、二男出産の時も夜釣りに行っていたため、舅に病院に連れられて行ったのですが、あせっていた舅はまだ車に乗り込んでいないのに、確認せず車のドアを閉めたため私の手をはさむという、出産の前に痛いめにあったのを覚えています。二男が誕生し、結局私は五人の母親になりました。

一番下が一歳頃に、以前住んでいて最近まで貸家として貸していた家に姑と舅が戻り、いわゆる私達とは別居ということになったのです。これで家族七人楽しく生活できる、と正直なところとても心は嬉しさでいっぱいでした。最初はあんなにも頼りになり本当に助かってありがたかった姑なのに、言動、行動あらゆるもの、そして日々の積もりに積もったものでこんなにも憎い存在になっていくなんて。何度口喧嘩し、言い合ったか分かりません。同じ空間にいるだけでも嫌で嫌でたまりませんでした。姑と暮らしている方なら分かるでしょう。少なからず経験があると思います。

わたしは今からやっと主人と子供達との新しい生活が始められる、そう思っていました。

が、別居になっても毎日のように仕事が終わると家に来る舅、姑。毎日来ては、夕飯を一緒に食べ、お風呂に入っていくのが日課でした。そして週末には姑達の家に子供達を連れて行くのも日課。孫がかわいいのは分かるのですが、当時姑の顔を見るだけでも嫌だった私はとても憤慨していました。別居になっても毎日のように家に来る姑、今更ですが、つねに小言の多いとてもうるさい人でしたので、いわゆる家事全般の掃除、片付けなど小言を言われ顔を見るのも嫌で嫌でたまらなく、わたしの毎日のイライラは積み重なっていきました。

そして姑へのイライラが今度は何も分かっていない主人に対してのイライラへと少しずつつのっていきました。そして、決定的な出来事が起こります。

あの時……これは私にとって、とてもつらい一生忘れられない出来事です。……あれは下の子が二歳の誕生日を迎える年の七月のある土曜日、私は八月で三十二歳になろうという時でした。

次の日曜日は釣り具店開催のイベントを控えていました。その頃は年間を通してイベントを定期的に年何回か開催していました。その都度スタッフの分のおにぎりを私が作っていました。前日の土曜日、私は主人が帰ってくるまでおにぎりを作っていませんでした。その頃の主人は釣りにはまって毎日のように出かけていました。昔から自分で釣り竿まで作るぐらい釣りは好きだったのです。

姑は別居してからも毎日のように子供達に会いに家に来ては泊まったりと好き勝手な生活をしていて、私はそれが我慢できず主人に時々愚痴を言っていました。あまり主人に愚痴を言って機嫌を悪くされたら嫌なのでそれとなくという感じではあったのですが、主人は全くと言っていいぐらい本気で聞いてはくれず、私の味方になってはくれなかったのです。何もないかのように自分の趣味である釣りに嬉しそうに行ってくる主人に私は相当限界がきていました。

そんな日頃の不満がたまっていた私は、その土曜日、私の主人への些細な反抗？とまではいかないものの、夜中に主人が釣りから帰ってくるまでおにぎりを作らず何もしていなかったのです。いつものように釣りから帰ってきた主人。私が最近どれほど精神的にまいっているか、姑のことで話したいことが山ほどあるのに全然察知してくれない主人。

その主人が普段通りに私に話しかけてきました。最初は何のたわいもない会話でしたが、明日の準備の話になった時、「おにぎりは作ってあるの？」と主人が聞いてきました。いつもの会話のつもりで私は「まだ」と言ったのです。その会話が引き金だったと思うのですが、私の「まだ」の一言に主人の口調が少しずつ荒れてきた感がありました。主人は徐々に小言のような口調になっていき、その時に私が「だったら貴方がやればいいじゃない」と言うと、この一言にものすごく切れたのでした。その後の会話がどのような内容だったかは覚えていませんが、主人はものすごく怒り、そこから突然暴力が始まりました。初めての暴力でした。

主人は頼もしく、ユーモアがあり家族サービスもおしまず本当に一家の大黒柱でした。性格はどちらかというと短気なので私もあまり普段から物事をあまりしつこく言わないように気をつけてはいました。でも日頃の聞いてもらいたい愚痴もあり、また主人への慣れもあり少しずつたまっていた不満、そして気持ちの中にあった何かが爆発したのでした。これまでの主人は子供達の面倒をよく見、とても頼りがいのある人だと思っていたので、私にこんなに切れるとは予想もしていませんでした。

子供達の不満を言うと子供達に直接言い、私の意見をたててくれていたので私にどうこうと言うことは今までなかったのです。

私が八月の誕生日で三十二歳になろうという三十一歳の七月。私には当時小学六年生の長男、四年生の長女、二年生の二女、幼稚園年長の三女、そして十一月に二歳の誕生日を迎える末っ子の二男がいました。主人は三十八歳。あの時から夫との深い溝ができ、その後の人生にものすごく影響を及ぼしたといっても過言ではありません。

私の言った一言でものすごく切れた主人は流し台にいた私の背後に近づいて来て、私が振り向いた瞬間に持っていた氷を作るトレーで私の額を殴ってきました。一瞬のことでなにがなんだか分からなかった私は、ただただ恐ろしくなりました。額からは血が流れて、着ていたトレーナーが真っ赤になったのを覚えています。それから暴力は延々と続きました。「骨の一本や二本折れたってどうってことないから」と怒鳴り声をあげてきて空のビール瓶で壁を叩いて穴をあけたり、瓶を投げてきたり、テーブルにおいてあった皿を投げてきたりと、とても酷いものでした。昨日までの主人、いいえ、ほんの先程帰ってきた主人とはまるで別人でした。単なる言葉のアヤだったのに、言ってしまった今では後のまつりでした。

この時から我が家の家の中の壁はいたるところに穴があいています。主人は何か気に入らないことがあると壁を叩いて威圧するようになりました。私はこの時、今は亡き私の母に昔言われたことを思い出しました。母は私に、「夫婦でも言っていいことと悪いことがあるんだから長年夫婦でいれば慣れで余計なことをつい言ったりしまいがちだから気をつけなさいよ」と忠告していたのです。

まさしくそのとおりでした。

そんな中、一番下の息子は気配を感じたのか起きてきました。でも何も分からない息子は寝ぼけて泣くわけでもなく私の周りで一人で遊んでいました。私もほかの子供達が起きてきたら大変なのでわめくこともなく、ただただ夫の暴力が早く終わることを願うだけでした。

このとき息子には手を出さなかったことが私には何よりもの救いでした。暴力暴言は何時間続いたでしょうか。多分お布団の中に入ったのは夜中の二時か三時近くだったと思います。やっと夫の暴力がおさまり横になることはできましたが、傷の痛さはもちろんのこと夫への恐怖で全く眠ることはできず朝を迎えました。この日から寝室は約十年間夫と一緒になることはありませんでした。

幸い骨折はなく額を切っただけでしたが、次の日の朝、起きてきた夫と目が合うもいつもと変わらぬ様子、しかし私への非情な態度や暴言は昨夜の暴力を境に毎日のように続くこととなるのです。

朝起きてきた子供達も眼帯をしていた私に「目、どうしたの？」と聞いてきました。私はとっさに「昨日テレビ台の角にぶつけてしまって」と答えましたが、子供に「ホントどじなんだから」と言われ、なんだか私は少し泣きそうに、いいえ、ものすごく泣きそうになりました。

季節は夏、子供達も夏休みに入り海に山にと出かけることが多く本当ならば楽しい夏休みのはずです。ところが、元々家族で恒例になっていたキャンプや旅行も、私には、とても憂鬱なことでしかありませんでした。今その時のことを思い出して書いていますが、なぜか涙が出そうになります。

次の日曜日は知り合いの家族とキャンプを兼ねて海に行くことになっていました。

暴力されて、主人に怯える日々を送っていた私はそれに加えて眼帯姿では何より出かけて楽しもうという気にもなれず、でも主人には何も言えず当日になったのです。どこに出かけるにも準備が毎回大変でした。キャンプともなるとその当時は一泊するのが恒例でした。食材の準備はもちろんのこと荷物が大量になります。そのほとんどを私が用意しなければなりません。何か一つでも忘れると罵倒がはじまります。でも忘れ物をしてはいけないと思えば思うほど主人への恐怖と緊張で何かを忘れてしまうことが度々ありました。決して大げさではありません。あろうことか、その時私はご飯釜を忘れてしまいました。あれほど準備をしていたのに気づいたのは高速にのって走行している途中でした。案の定主人からはうるさく言われ、まだ海にも着かず、キャンプも始まっていないのに憂鬱な気分になりました。主人は子供達の前で平気で私のことを罵倒するようになりました。そうしてはいけないというようなことを緊張のあまりやってしまう自分が虚しくなることもよくありました。そのキャンプでの夜は当然のごとく楽しいはずはなく、でもそんな憂鬱な態度もできるわけはなく、いつものように何もないかのように明るくふるまっていました。夕飯のご飯を忘れてしまうという失態をしてしまいましたが、お肉や野菜、アルコールも多少入ったりしたため周りはほろ酔い気分となり他の食べ物でどうにかまかない、何事もなかったかのように、また皆の前で罵倒されることなくどうにか時間が過ぎていきました。

その当時、宮城の沿岸の海には知り合いがいたこともあり、よく行っていました。その方はお寺の和尚さんで、よくお世話になりましたが、ここ何年かはお会いしていません。海沿いだったため東日本大震災の影響で被害が酷かったようで人伝にはお寺も全壊でどこかに避難していたそうですが、無事であるということは風の噂で聞いており本当に安心しました。

子供が小さかった頃はみんなで私の実家の岩手へ、お盆には泊まりがけで出かけるのも恒例になっていました。何回か訪れた事のある岩手の久慈の海にキャンプをかねて行っていました。

一度私の母を連れキャンプをした事があったのですが本当は母に甘えたかった……。いろいろ話したい事もあったのですが心配をかけたくなかったので私から母に何か相談するという事はありませんでした。母の前で罵倒されないようにと気丈にふるまったものでした。

当時は県内の天気が悪いと山形県の海へ行っていました。そこにもキャンプをしながら一泊するのが夏休みの恒例となっていました。冬はスキー、夏は海と、よく子供達を連れて出かける主人でした。私には荷物の準備やらで気の休まる時がありませんでした。家族で出かけるということでは大変だった記憶しか残っていません。

そして主人は昔、山形県の蔵王スキー場のロッジで泊まり込みでバイトをしていたことがあり、その当時の知り合いが今でもスキー場のロッジで働いているということで私達はその年に初めて泊まりがけでスキー場に出かけたのでした。当然主人のスキーの腕前は相当なもので、当時二歳ぐらいだった次男から小学六年生の長男まで子供達五人皆主人にスキー、スノーボードを教えてもらいました。

幼少の頃の私は田舎でそれなりに雪も降り積もるところに住んでいたのですが、それ程スキーが得意ではありませんでした。でも主人に反論することはできないので「行きたくない」とも言えず、子供達のためだと思うことで、なんとか気を保っていました。でも後に子供達に聞くと「あまり面白かった思い出がないから行きたくない」と言われたことがありました。

そのスキー場に泊まりがけで行った時の出来事です。長男が小学六年生か中学一年生だったと思います。確かあれは二日目のことだったと思いますが、リフトに乗っている長男をふと見ると顔にキズがあり血が出ていました。話を聞くと主人にやられたとのこと、ちょっとした別になんでもないことで切れられたというのです。主人は自分の思うように物事がならないとすぐ暴力を振るうようになりました。その影響を直接受けたのが長男でした。一番上で男の子ということもあったのでしょう。朝早くから車のタイヤ交換や、オイル交換といったのはまだ優しいほうで、車検があるので車を直さなければならないところを当時高校生だった長男にやらせたりと、いろいろ手伝いをさせていました。

その当時、泊まりではないものの私達家族はよくスキーに行っていました。楽しくもなく行きたいとも思いませんでしたが、強制のようにスキー場に連れて行かれました。子供達も行きたくないとは言えず、私は熱が出たり具合が悪くても行っていたのを覚えています。冬の時期は子供達の学校が早く終わる時は必ずといっていいほど、平日でも学校に私が迎えに行きスキー場に連れて行く、それが日課になっていました。半ば強制的でした。自分の時間というものがなかったように思います。

そして、その年の冬だったでしょうか、初めて皆でディズニーランドに行くことになりました。姑も連れて近くのホテルをとり遊びに出かけることとなりました。

そもそものきっかけは友達がディズニーランドに行くというのを聞いた長女が自分も行きたくなり、私達家族に「行きたい」と相談してきたことです。それを聞いた主人はあっさり承諾、その年から年一回はディズニーランドに行くことが恒例になっていったのです。

主人は遊びにいくということには大半子供達を連れてすぐ実行するほうでした。その時のことを覚えています。一泊し、朝になり主人がホテルの駐車場に止めてある車を片付けようと向かい、私達は部屋で待っているということになったのですが、遅ければ「遅い」と言われるのが嫌だったので時間を見計らって主人の所に様子を見に行きました。そしてそろそろ準備も終わる頃かと思い主人の所に行き、私は他の子供達を呼びに主人に二歳の子を預けてその場を離れたのでした。もちろん主人には声をかけました。でもその後主人がものすごい形相で怒ってきて「まだ用が済んでいないのに子供を置いていって！」と怒鳴り声をあげて、案の定その場の雰囲気は最悪になりました。でも今日一日閉園まで遊び、乗り切らなければなりません。何に乗ったか何を見たかなど覚えていません。その時の心情ははかり知れないもので、時間の過ぎるのがものすごく遅く感じたのを覚えています。結局帰りの車中では自宅に着くまでの約四時間弱延々とうるさく小言を言われ続けました。

毎日の暴言はもちろんのこと、何か気に入らないと私に暴力をするというそんな生活が一年、二年と続きました。顔色を窺い「今日は何も起きませんように」と私は毎日祈るような気持ちで過ごし、精神状態もおかしくなりそうでした。いいえ、おかしくなっていたのかもしれません。今振り返っても毎日毎日が苦痛でした。悪夢のあの日から主人は私を馬鹿よばわり暴言の数々、一番上の、その当時小六だった長男には可哀想なくらいいろいろな手伝いをさせていました。長男にこんなにもうるさく言うようになったのは少なからずともあの夜の出来事がきっかけになったと思うと、長男には本当に申し訳なく思います。まだ小六の子供に朝早くから車のタイヤ交換、オイル交換、そして洗車、学校から帰って来ても手伝いをさせ土日も友達との遊びより自分の手伝いをすることを優先させるなど、長男のことを思うと悲痛な気持ちでいっぱいになりました。下は三人女の子であり、それもあって一番こき使われたのが長男でした。当時犬を飼っていたのですが、散歩をしなかっただけで長男に暴力を振るっていた時もありました。

父親の話になると長男は今でも時々、その頃いろいろ自分だけが手伝いをやらされていたことを、そして自分が一番父親に暴力を受けたことを言います。

夫婦間の出来事、その全部の発端は自分だと思うと子供達、特に長男には本当に申し訳ない気持ちになり夜布団の中でよく泣いたものでした。家族の中で主人に意見を言える人は誰もいませんでした。もう毎日がびくびくの生活でした。姑、つまり実の母にも切れてすき焼きのなべを投げつけたり、どんぶりを投げたりということがありました。姑も口うるさく言うほうなので主人の気を悪くすることが度々あったのです。

どんぶりを投げられるなどされ、姑には痣ができたりもしていました。もうその時はめちゃくちゃでした。一時期は姑が嫌いで嫌で嫌でたまらなかった私でしたが、自分の息子に暴力を受けている姑を見ると、人の気持ちの変化って分からないもので姑に対して何とも言えぬ不思議な感情がわいたのも事実です。

舅は昔は暴力夫だったようですが、私が嫁いで以来私が知っている限りはおとなしいもの静かな舅で、昔は暴力をしてきた人とは思えませんでした。体型も自分よりひと回りもふた回りも大きい息子に何も言えるわけがなく、機嫌を損なわさないように毎日誰もが主人の顔色を見て暮らすようになりました。本当に子供達には申し訳なかったと思っています。「夫婦の仲でも親しき仲にも礼儀あり」と改めて思いました。

旅行の思い出といえばこんなこともありました。長男が中学生になった夏休みでのこと、舅は仕事で行かなかったのですが家族で三泊四日の北海道旅行に行くことになりました。姑が計画したのですが、三日目の夕飯のとき、それは旅館で起きました。内容は小さなことなのですが、私のしたたわいもないことが主人には気に入らなかったようで、案の定、その旅館で大声で罵倒したのです。子供達は部屋の隅に隠れ、今にも私に向かって暴力をするかのような主人を姑が止めにはいりました。旅行に来てまでも楽しい時はなく、また一つ嫌な思い出が増えただけ、そんなことがありました。

せっかく北海道まで来たのに喧嘩が原因で百万ドルの夜景とも言われる函館の綺麗な夜景も、全く楽しむどころではありませんでした。

旅行から帰った私は後で姑に「せっかくの北海道旅行台無しにしてしまって、すみませんでした」と謝ったのを覚えています。

最初の五、六年は毎日が暴言、自分の気にくわないことになれば暴力、本当に泣かない日はなかったぐらい、死のうと思わなかった日はなかったぐらいつらかったのです。でも、これは家庭だけの話だから、傍から見れば主人は普通の、いや逆に人望の厚い頼れる人間だと周りにはそう見られていたと言っても過言ではないと思います。

よく夫や恋人からのＤＶを受けている人は自分が悪いから自分にいけないところがあるからと、自分に非があるように思ってしまうということを言われますが、私自身も本当は物事を上手くできない自分が悪いのではと思ったりもし、自分の気持ちとの葛藤があったのでその心情がよく分かります。機嫌を損ねないように本当に小間使いのように動かせられました。お蕎麦を作れば伸びていると言い流しに皿ごと叩きつけたり、うどんを作れば具材が足りないと、やはり流しにどんぶりごと叩きつけたり、おでんを作れば味が薄いとお醬油のボトルごと投げ、リビングの壁などが醬油のシミになるということもありました。

なので風邪とか具合を悪くしたりした時は、いつも以上に機嫌が悪くなるので顔色を見ながら一段と気を遣いました。

冷蔵庫を時々見ては期限切れや食材が少し悪くなっているのを見つけたりしたものならば、それを流しに投げつけて私に暴言を吐き、酷い時は暴力となるのです。

こんなことも小さな出来事ですが、以前主人が何の気もなく冷蔵庫を開けたら中に入っていた胡瓜が悪くなっていました。それを見つけた主人はものすごく私に切れてきました。

それを見ていた長男は私をかばい始め、主人にやめるよう向かっていったのです。すると主人も負けじと向かっていき、少しばかり取っ組み合いになりました。この喧嘩で大事には至らなかったものの息子は鼻がはれるという負傷を負いました。

何に対しても少しの妥協というものがなかったので主人の思うようにしないと収拾がつきませんでした。

暴力は七、八年近く続きましたが、徐々に少しずつですが以前より減ってはきました。この数年は本当に長かったです。でも暴言は相変わらずで、子供達の前でわたしに暴言を吐くのは当たり前、人前でもおかまいなしでした。それを見て育った子供達に私は罪悪感を感じます。

結婚当初からこのような人だったわけではありません。どこで、どう歯車が合わなくなったのか、もしやり直せるのであればもう一度二十年前のあのときに戻り、まったく別のいわゆる普通といえる幸せな家庭をやりなおしたいです。

上の子供達はよく主人とお出かけもしたし小さい時から公園にも連れて行ってもらい主人は本当に子供の面倒を見てくれました。でも下の子三人にはほとんどいつも怒鳴っている、そんな父親の印象しかないと思います。本当に子供達には申し訳ないと思っています。何不自由なく生活させてもらってはきたものの子供達は自分の父親が怒っている姿しか印象に残っていないくらい、いつも不機嫌な顔ばかりしている、そんなふうにしか心に残っていないようです。子供達は時々主人のことを「なんであんなに怒ってばかりいる父親なの？」と聞いてきます。なぜこんなにもよく怒る人になったのか、きっかけはあの夜の出来事ですが、その原因となったのが何なのかは家族のだれにも未だに打ち明けていません。

主人はいつ頃からでしょうか、知らぬうちに今度はサーフィンをやり始めていました。出かけた先で初めてサーフィンをやり、すっかりはまったようでした。何でも興味があるといろいろ試さずにはいられない本当に行動力のある人でした。

いつの間にかボードの数が増えていたり毎日のように海に出かけたり泊まり込みで遊びに行くこともしばしばでしたが、私は正直なところほっとしていました。主人が居ないほうがどれだけ気が休まるか、ですから家を開けることに何の不満もありませんでした。好きなことをやって機嫌が良ければそれで良かったのです。それ以上、主人には何も求めませんでした。

そんなある日、主人の以前からの知り合いが一人の女性を連れてきました。その当時よく何人かのグループでサーフィンに出かけていました。後に知ったのですが、それを機に主人はその女の人の所に迎えに行きサーフィンにも毎日のように一緒に出かけていたようなのです。

私は正直なところ主人のことが嫌で嫌でたまりませんでしたので気が他に向いてくれるのであれば、それでいいと思っていました。ですからそのときはなんとなくその女性と一緒だなというのは分かっていましたが、サーフィン仲間が結構いたので他にも何人かで出かけていると思っていました。

それからというもの出かける時はよくその女性を連れて来るようになったのです。

当時小さかった子供達はその女性と一緒に海やスキーにも泊まりがけも含めよく出かけていました。その女性が来るようになってからは私は自然と主人と一緒に出かける回数が減り内心ほっとし喜んでいました。ですから変な言い方ですが、その女性がいるお陰で主人と一緒にいる時間がなくなり大分楽できたところもあったのです。そのうち釣り具店の仕事場にもその女性を連れて来ては手伝いをさせるようになりました。

真冬でもサーフィンを一緒にやっていたようで突然、県外に出かけ泊まり込むようなことも多くなっていました。でもその時の私は、せいせいしたぐらいにしか思いませんでした。その女性が何か失敗をしても私に怒るような怒り方をせず主人が荒れることもなかったので精神的には楽でした。その女性はほっそりとした、きゃしゃな体型のおっとりとした人で私よりひと回りぐらい歳が下でした。その女性のことが気にならないと言えば言い過ぎかもしれませんが、私のどこかで「まさか主人が」という気持ちがあり、特に主人との仲を疑うなんてことはありませんでした。

ある日こんなことがありました。

長女の小学校の卒業式の服をある店に見に行ったとき、偶然主人とその女性がそのお店で腕を組みながら歩いているのを見かけました。そのとき私は私の知らない主人を見たような気がしました。外ではこういう感じなのか……と思いました。私と娘は苦笑いし、見てはいけないものを見たようななんとも複雑な気持ちにかられたのを覚えています。私と娘の方がとっさに隠れたような気がします。その夜、その日のことを主人には特に聞いたりはしませんでした。何か言って、また子供達の前で言い合いになるのが嫌だったのです。

毎日憂鬱な生活の中でも私はあえて小学校の役員を引き受けていました。子供が多かったこともあり毎年何かの役員をやっていました。断ればそれで済むかもしれなかったのですが子供が多いのに何も役員をやらないことにも少し気がひけるのもありました。でも主人はこういうことをやることすら気に入らない人でした。「学校の行事をやるぐらいなら家のことをきちんとやれ」そういう人なのです。実際小学校は何かといろいろ行事があり何もしないわけにもいかず、あえてなにかしら、たずさわるようにしていました。それに加え中学校の役員も兼任し、今だから言えますが、主人には知られないように毎年役員をしていました。主人に知られたらとんでもないことになるのに私も喧嘩の原因をわざわざ作ってまでよくやったと思います。馬鹿ですね。

会議となれば夜集まることが多く内心ひやひやしていましたが、幸い主人は夜遅いことが多くどうにか知られることなく何年か続けてやっていました。主人に知られたらそれこそ大変なことになることも分かっているのに……その頃の私の気持ちとしては家にいて主人の顔色ばかりを窺ってノイローゼ気味になるくらいの精神状態で生活しているよりは、自分で一歩踏み出して、あえて他の人達との交流をはかり、せめて気を休め、私は大丈夫と自分自身に言い聞かせていたところもありました。特に前に出るタイプとかではなかったのですが私自身役員をやること自体嫌ではなかったので、できる限り協力したいと思ってやっていました。

主人の暴力から五、六年ほど経った頃でしょうか。下の子が小学一年生になった四月、入院していた舅が癌で亡くなりました。数カ月前から黄疸の症状が出、一カ月ぐらい前から入院していました。入院する前日までは一人で歩いたり普通に動いていたのですが、通院していたある日、病院の担当医から余命宣告を受けたようなのです。後に私もこのことを聞いたのですが、この宣告を受けた途端に舅はものすごく落胆してしまい、翌日自宅の布団から起き上がることさえもできなくなってしまったようなのです。結局、救急車を呼び入院となったのでした。入院してからは私が姑を舅の病室に連れていき後で姑を迎えに行くという毎日が舅が亡くなる日まで続きました。そして今度は舅が亡くなる少し前から姑の言動が少しずつおかしくなってきたのです。舅が亡くなった後は姑を引き取り、私達家族で面倒を看ることにしました。

少し前まで元気で口うるさかった姑が認知症になるなんて、考えられないことではありませんが、まさかそのような現実が目の前で起こっているとは……。

そしてあれは、二女が高校二年生、三女が中学三年生、一番下が小学六年生の時また、あることが起きました。本当に次から次といろいろある家族だなと思われるでしょう。週末には手伝いに来ていたあの女性が手伝いに来なくなったのです。そんなことすら特に気にもとめませんでしたが、「事情があり来れなくなった」と突然主人から聞かされました。

しばらくは平穏だったのですが、ある時の夏、恒例である海へ行こうとなった前の夜、突然主人がその女性を家に連れてきたのです。私が八月で四十二歳になろうという年の七月のことでした。

次の朝早いから今日だけ泊まらせるのかと思い、その時はあまり気にしませんでした。皆でどこかに出かけた時など遅くなった日とかはよく知り合いを泊まらせていたのでいつものことだと思い、あまり気にしなかったのです。皆が海に行くのを見とどけ私は主人の代わりに仕事場へ向かいました。

小さい頃からその女性とよく出かけたりして面識があった子供達なので、その時は特に気にしませんでした。しかし、海から帰ったその夜、突然主人の口から「今日から家族だから」と言ってきて、それから何日もその人は家に居すわるようになったのでした。思い起こすと数週間前から主人はおかしなことを言い始めていました。それは「家にお手伝いさんいらない？」とか「お手伝いさん今度連れてくるから」とか、やけにしつこく言っていたことがありました。当然私は本当の話として聞き入れるわけもなく軽く聞き流していたのです。が、まさか本当に連れてくるとは。「結婚したけど今別れたがっていて、でも別れることができず実家にも帰れず困っている」と、主人に相談していたようなのです。結婚してからも電話の連絡はあったようで、いろいろ相談にのっていたようでした。しばらく私達の前に現れなかったのは結婚して県外にいたからのようです。そしてその嫁ぎ先から主人がその人を連れて来たようなのでした。「だからしばらく家にいさせて欲しい」と、主人から言われたのです。私はその時に今までの主人の行動全てを疑い始めました。気づくのが遅すぎたと言われればそれまでですが全く主人に関心がなかったのです。今までの夫婦生活で関心をもてるわけもなく、私達家族が知らないところでいろいろ出かけていたようで必ずその人と一緒で、泊まると言って帰ってこなかった時は全てにその人が絡んでいることを知りました。

私は今度は一気に憎悪を感じました。自分でもどちらが本当の気持ちなのか分かりませんが、あんなに嫌だった主人へのいろいろな感情が込み上げてきました。あまりの身勝手さに主人への反抗として腹が立ち一時期私はその時既に結婚し独立していた長男の所に身を潜めたのですが主人からは電話一本何も連絡がなく本当にイライラがたえませんでした。

しかし長男の所は当時もうすぐ子供が生まれるところで長居はできず、申し訳ないと思いながらも甘えたのですが、やはりいつまでもいられるわけがなく長男のお嫁さんも多分あまりいい気はしなかったでしょう。しぶしぶ自分の家に帰ったのでした。

そもそも部屋数がないのに連れて来て、主人はその人を自分が寝ている部屋に一緒に寝かせるというのです。私と主人は私が暴力を受けたあの日から一緒の部屋ではなくなりました。その部屋にその女性を入れるというのです。本当に非常識で呆れて言葉になりませんでした。その後主人と何回、何百回と話し合いをしたか分かりません。でも何回話をしても平行線でした。「おまえのほうが奥さんなのだから平然としてればいいんだよ。べつに目くじら立てて騒ぐようなことではない」とその時はよく言われました。本当に身勝手な人間だなと思いました。あの暴力事件以来主人と話をするのも嫌だったのに今は女性としての嫉妬でしょうか、それまでの私とは違い主人の身の周りのことを今まで以上にやって張りあおうとしている自分がいました。そして、あの時以来十年間主人と一緒の部屋に寝たことがなかったのにこれを機に主人と同じ部屋に、そして一つ屋根の下にはその女性も一緒に寝泊まりするという異様な日がしばらく続きました（当時小学六年生だった二男はどう捉えていたかは未だにこのことに関して話したことはありません）。

私自身これまでとは逆に出かける時は必ず主人について行ったりと変な対抗心を持ったものでした。ちょっとでも私がその人に何か冷たい言葉を言うと、主人はその女性の味方になり、私を遠ざける態度をとるなど耐えがたい時もありました。

ある時こんなことがありました。私が言った言葉でその女性が夜、外に飛び出して行ったことがありました。すると主人は女性を追いかけて行ったのです。彼女というより主人が気になった私は車の中にいると思いハイエースの車のドアを開けました。すると主人がその女の人をなだめるように寄り添っていたのです。頭に血が上った私は何か言葉を言った気はしますが何を言ったかは……すると主人は急に虫除けスプレーを蚊に吹きかけるように私に向かって吹きかけてきました。その時の主人の行動がものすごく屈辱的で情けな

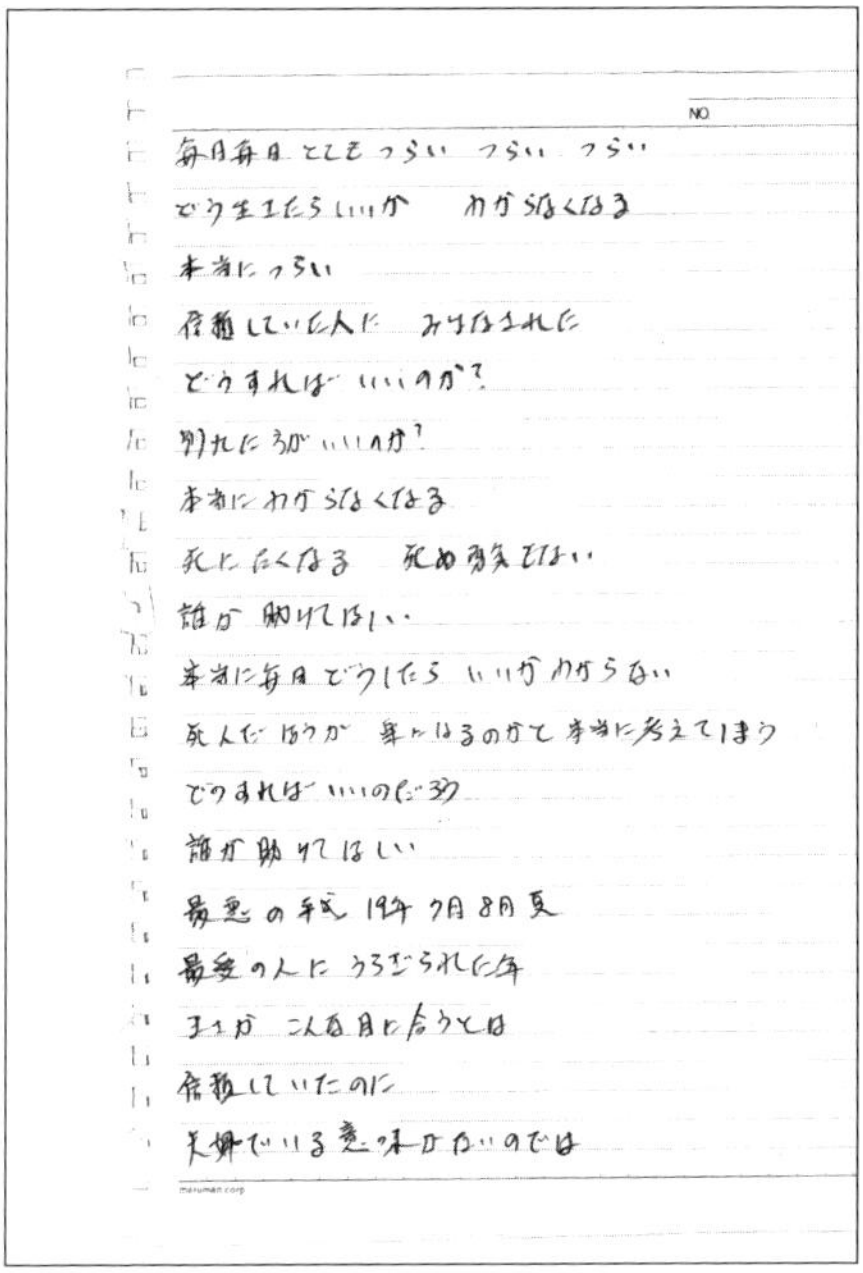
毎日毎日 とても つらい つらい つらい
どう生きたらいいか わからなくなる
本当につらい
信頼していた人に みはなされた
どうすればいいのか？
別れたほうがいいのか？
本当にわからなくなる
死にたくなる 死ぬ勇気もない
誰か助けてほしい
本当に毎日どうしたら いいか わからない
死んだほうが 楽になるのかって 本当に考えてしまう
どうすればいいのだろう
誰か助けてほしい
最悪の平成19年7月8日夏
最愛の人にうらぎられた年
まさか こんな目に合うとは
信頼していたのに
夫婦でいる意味がないのでは

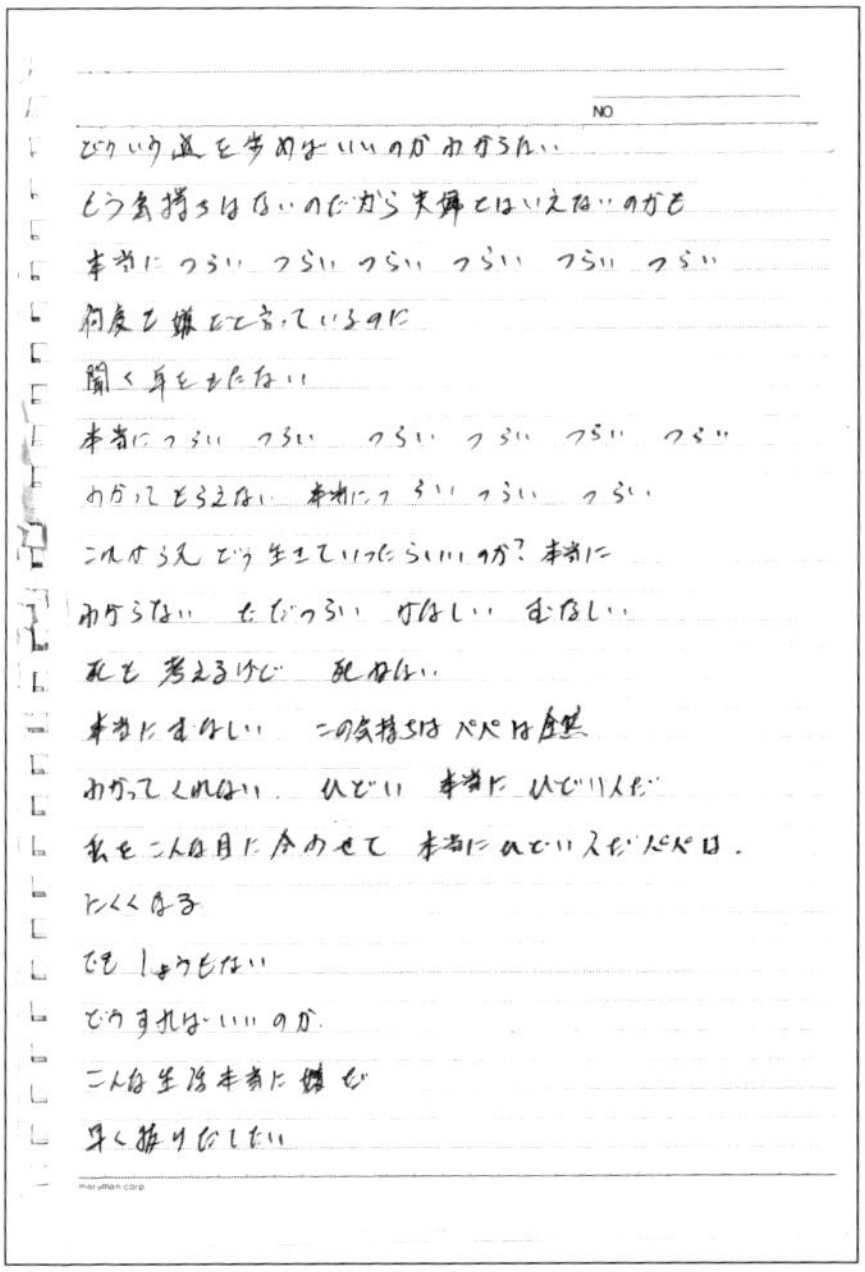
どういう道を歩めばいいのかわからない
もう気持ちはないのだから夫婦とはいえないのかも
本当につらい つらい つらい つらい つらい つらい
何度も嫌だと言っているのに
聞く耳をもたない
本当につらい つらい つらい つらい つらい つらい
わかってもらえない 本当につらい つらい つらい
これから先どう生きていったらいいのか？ 本当に
わからない ただつらい 切ない むなしい
死も考えるけど 死ねない
本当に切ない この気持ちはパパは全然
わかってくれない ひどい 本当にひどい人だ
私をこんな目に合わせて 本当にひどい人だパパは．
にくくなる
でもしょうもない
どうすればいいのか．
こんな生活本当に嫌だ
早く抜けだしたい

※これは私がその時の心情をつづったものです。

いのと腹立たしいのとでその場にはいられませんでした。

何度とない耐えがたい状況の中でもその人が来てから一カ月、二カ月が過ぎ、受け入れられるわけはないがどうすることもできず月日だけが経っていきました。その間子供達も黙っていたわけではありません。今の生活状態が普通ではない、おかしなことだということを子供達も主人に直接言いましたが、全く聞き入れてはくれませんでした。この時私は主人に離婚届を突き付けました。離婚を突き付けたもののこの家を出ていくのは主人のほうだと思う一方で、他の女性といる主人を見ると主人をとられたくないというプライドもあり自分でも分からなくなっていきました。

上の子二人は成人し、下三人はそれぞれ高校生、中学生、小学生となっていましたが、特に一番小さくその時小学六年生だった二男はこの環境をどう受け止めていたのか。不思議な、常識ではあり得ない生活がしばらく続きました。

私も親しい知り合いに相談したりもしましたが、内輪の恥ずかしいことなのでそんなにも言えることでもなく自分でもおかしいこととは分かってはいましたが、何回かその女性とのことを聞いても「何もない」という主人の言葉を信じる他なかったのです。というか、どうもがいてもどうにもならないと半分諦めのような、月日が過ぎ去るのを待つしかない、そんな状態でした。私が変に騒いだりしない限り何事もないように生活できると自分に言い聞かせ、当然嫌ではあったものの少しずつ今の環境を受け入れようとしていました。

そんなある日、主人は携帯電話を家に忘れて仕事に出かけた時がありました。今考えるとわざとだったのでしょうか。少しためらいはあったものの主人の携帯を見ました。ロックはしていたものの暗証番号も心当たりがあったので難なくクリアすると、予想はしていたものの主人の今まで言っていたこと全てが私への嘘ととれるようなものでした。どうにか自分に言い聞かせて女性を少しでも受け入れられるように努力しようとしていた私への見事なまでの裏切りとも言うべき証拠が出てきたのです。その時の私の心の中はもう爆発しそうなくらいぐちゃぐちゃでした。でもその日帰ってきた主人に携帯の内容を追及することはしませんでした。問いただしたところでその後の場が大ごとになるのは目に見えていたし波乱を招くだけだと思い、会話することすらしませんでした。

大声を上げて言葉を発することすら嫌でした。

その年の十二月、私の不注意で小火を起こしてしまいました。三女を塾へ迎えに行って帰ってきたら自宅の前に消防車が……それでも自分の家だとは思いませんでした。本当に気が抜けていました。サラダ油を火にかけっぱなしで出かけていたのです。そのときは姑もいたのですが、何とか避難でき大事には至りませんでした。子供達や近所の方のお陰で焼失とはならなかったものの皆に迷惑をかけてしまいました。どうかしていました。ものすごく情けないやら、なんでこんなにもドラマみたいに次から次へといろんなことが起こるのか、大げさでもなく本当に私は何度死にたいと思ったことか分かりません。その度に、やはり子供の存在を考え、母親を務めること、子供にはなんにも罪はないということ、私が我慢をし普段どおりにしていれば何も変わらないということを常に自分に言い聞かせていました。

まだ帰ってきていなかった主人に子供が電話し火事を起こした事を知らせると、おどろくどころか「何か買ってきてほしい物ある？」「何か食べたい物ある？」と何事もないかのように聞いてきたとの事。そして、その小火の後、帰ってきた主人は騒ぎ立てるどころかいつもと変わらず、逆に冷ややかな目で私を見ていました。「やっぱりやったか」と言わんばかりに。天井が少し黒くなったのとガラスにひびが入ったぐらいではあったのですが一歩間違えると大惨事になるところだったので、不幸中の幸いでした。変わらず生活はできたのですが、もうこんなことを起こさないように、気をしっかりともたなければと思うのと同時に自分自身情けない気持ちになりました。

そんな日々を過ごしていたある日の夜、その年の十二月の暮れ、主人だけ帰ってきて女の人の姿はありませんでした。そう、突然彼女は姿を消したのでした。私達に、いいえ、私に何の言葉もなく。話を聞くと彼女の両親との話し合いがどうにかまとまったとのこと、そのとき私は体から何かスーと抜けていくものを感じました。そしてあえて平静をとりつくろっていました。

やっと普通の生活ができると、ここ十年いろいろあったが、ひとまず今の異常な環境は解決したと、そう思いました。

そして晴れて家族水入らずで年末年始を過ごすことができたのです。いろいろあった私達夫婦ですが、その女性がいなくなったことで前より一緒に居ることが多くなりました。私にとって良いことなのか悪いことなのか、暴言は相変わらずですが以前のような暴力は少しですがなくなってきました。

でも昔中華料理店を営んでいた主人は食べ物には相変わらずうるさく妥協しない人なので本当に大変でした。なるべく子供達の前で口論にならないように主人の顔色を見ながらの生活は変わらず、いろいろなことを乗り越えてなんとか日々を送っていたのですが、平成二十年の夏、一大事が起こりました。

この年私は中学校の役員をしていました。もちろん主人には内緒でした。その日の夜、学校で会議があるので行っていたのですが、この日は主人の方が帰りが早く私が遅くなってしまいました。急いで帰った私が玄関に入ったとたん形相を変えた主人がビールの入ったグラスをもちながらこちらに向かってきたかと思ったら、あっという間に私はそのグラスで顔を殴られ目が腫れ上がり痣ができ、またまた主人の暴力が始まりました。見かねた二女が長男に電話、そして警察にも連絡し、警察が来てやっと鎮静化したのですが、念の為、私は救急車に乗り市内の病院へ運ばれ、特に大きな怪我はなかったのですが、とりあえず一日入院となりました。その日の夜は当然眠ることが出来ず、一晩いろいろな事を考えていました。そして朝を迎え、これからあの家に帰ることもできず病院に来てくれた子供達と話をした末、一度役所に相談しに行こうということになりました。それで退院したその足で役所へと向かい今後のことを相談したのでした。その時、昨夜の主人の様子を子供達に聞いたところ主人は逆上して部屋にある私の物を全部と言ってもいいぐらい散乱させ、それが山のようになっているということでした。

その時私の携帯も見つかってしまいました。あの頃携帯は主人に禁止されていて持たせてもらえていなかったので内緒で知られないように持っていました。ですから主人は私が携帯を持っていたことは知りませんでした。

区役所の担当の方との話し合いで私は市内にある、ある施設（いわゆるシェルター）を紹介されました。その日から私はその施設での生活となり今後の方針を担当の方と話し合い自分がこれからどういう人生を送っていくかを考えることとなったのです。

そのときの気持ちは早く別れたい、ただそれしかありませんでした。当然ですが、毎日子供達のことは気懸かりでした。その施設では携帯はもちろん、電話も外部との連絡はタブーだったので家での主人と子供達とのことが心配で心配でたまりませんでした。施設には小さな子供連れのお母さんなど、いろいろな事情を背負った方達が暮らしていました。でも期限が決まっている為いつまでもそこにいられるわけではありません。それぞれが今後自分が生きていく為にある程度目標を立て、その計画にそって進んでいきます。私は離婚の準備をする為に初めて裁判所に行き、いろいろな手続きがあることを知りました。

暴力を受けた場合、証拠となるような写真などを撮っておくことなど離婚に向け準備をしていきました。でも主人のことだから実際裁判となった場合、きちんと対応してくれるかどうかなどの不安はありました。担当の方の承諾をえて田舎の実家の兄には離婚することを電話で伝えました。施設はシェルターなので夜中でも助けを求めてきた女性を受け入れます。小さな子供連れのお母さんも助けを求めて頻繁にここに来ていました。そんな入れ代わり立ち代わりでいろんな人生を見ていく中で一週間、二週間と過ぎていき、たまらなく子供達に会いたくなりました。

特に一番下の二男は小学六年生の頃、体調を崩して検査し、その結果、潰瘍性大腸炎であることが分かり、毎月一度、定期的に病院に通院していました。

そのことも気懸かりで、でもどうすることもできないというもどかしさもあり、離婚が本当にいいのか自分でも分からなくなりかけていました。

しかし三週間程を過ぎたあたりから少しずつ気持ちが変わり始めました。主人との生活にはもちろん不安はあります。不安だらけでした。でもそれ以上に子供達とまた暮らしたい、その気持ちが大きくなっていきました。離婚して一人暮らしにむけて住む所も探し準備をしていましたが、久しぶりに外に出て見慣れた風景を見たとき涙が止まりませんでした。これから働いて自立していくことはもちろん、そのためには住む所を決め自分ではこれから先を見つめていたのですが、やはり子供のことが心残りでした。もし離婚したらこれから私と子供達の関係は一体どう変わるのか、この先子供達に会えるのかなど、子供達への不安が大きくなっていったのです。いろいろ考えぬいた末、意を決して私はもう一度主人と夫婦としてやっていこうと、そう決めました。

施設の方には本当にお世話になりました。たった一カ月でしたが、とてつもなくつらく長い一カ月でした。

唐突に主人に会うのではなく知り合いの第三者を立てて三人で会おうということになりました。私はその代理人ともいえる方に電話でお願いし立ち会いのもと主人と約一カ月ぶりに会うことになったのです。その方は主人の長年の知人で私と主人の出会いの時からお世話になっている方でした。

久しぶりに会う主人はどういう態度をしてくるのか、どういう言葉を言ってくるのか不安でどきどきでしたが、一カ月ぶりに会った主人は特に何を言うわけでもなく、いつもと変わらぬ様子でした。内心ほっとしました。

代理人の方からはいろいろお説教はされましたが、とりあえず「今晩二人で話し合ってみて」と言われ、久しぶりに子供達のいる自宅へと帰ったのです。最初玄関を開ける時ためらいがあり多少恥ずかしさがありましたが、なるべく変わりのない様子で子供達の前に現れました。子供達は私が帰ってくることは知らされていなかったので驚いていましたが、お互いに何もなかったように「ただいま」「おかえり」と会話をしました。

ここ一カ月の主人の様子を子供達に聞いてみたところ、いつになく優しかったとのことでとりあえず安心しました。

そしてその後、私が施設から戻ってきて数日経ったある日、突然長女から妊娠していることを告げられました。付き合っている相手がいることも知らされていなかった私は当然驚きましたが、何となくですがうすうす感づいてはいました。そして本人曰く、結婚はせず未婚の母になると聞かされました。この決意の方に私は驚きました。でも本人の決意は固く、また相手も承諾しているということ。当人同士で話は決まっていたので私と主人は娘の話を聞き入れたのでした。主人も特に騒ぎたてることもなく娘の考えを尊重しました。

何よりおめでたいことなので健康で無事に出産を迎えてほしいという思いでした。

施設から戻るまでの間はまだ姑がいて、子供達で面倒を看ていたようです。

施設から帰ってきた翌日から私と主人は以前より二人で出かけることが多くなりました。

特に絆が強くなったというような感情でもなく、うまく言い表せないですが最後はやはり夫婦ということになるのでしょうか、仲が良いというわけでもなく一緒にいるのが当たり前のようになったということでしょうか。

また以前と変わらず温泉によく姑を連れて出かけていました。

いつでもどこでも気に入らないと私に怒鳴ったりということは度々ありました。

そういう気質は直ることはなかったのですが、離婚、そして子供達のことをいろいろ考え直し、今また、もう一度やり直す覚悟で帰ってきたので私も必死でした。

逆に、今まででいい思い出はなんだったのか？　嫌な思い出ばかりではなかったはず。いいこともあったはずなのに思いつかない。子供が生まれ、喜んだこともあったろう。

幼稚園、小学校、中学校、高校合格、大学合格、それぞれの成長に心をなでおろした時もあっただろうに、思い出せない。

確かに酷いところはいっぱいあった。私には……。

でも、ギャンブルするわけでもなく、借金しているわけでもなく、今住んでいる家も主人が二十六歳の時に建てるなど頼りになる主人であったのに……。

あの女性がいなくなり、その後私の一カ月の不在ということもあり、また少し認知症の姑がいたりと何かと波瀾万丈です。

女性がいなくなってから二年ほど過ぎた頃には姑の認知症もかなり進んできており徘徊するようになってきていました。

それでもなるべく姑も一緒に温泉に連れて行くなど主人とよく出かけていました。

娘達も姑のオムツを替えたりと面倒をよく看てくれ助かったのを覚えています。

それから、一年ぐらい経ったある日、主人も体調が優れないようなことを言ってきました。なんとなくお腹の調子が良くないということでした。痛いというようなことは言わなかったのでそれほど気にはしなかったのですが、今までの主人の様子とは違っていました。

あきらかにトイレに行く回数が多く、また時間も長かったのですが素直に病院に行く性格でもなく、市販の薬を飲んでいれば大丈夫ぐらいの気持ちだったのでしょう。

でも、日々が過ぎていき市販の薬ではなかなか良くならず、だんだん苦しさも増していった主人はさすがに病院に行った方がいいと思ったのでしょう。サーフィン仲間でお医者さんをしている方がいたので、その方に相談したようでした。その方とはサーフィンで一緒にどこかに出かけたり温泉に行く時も誘い合うなど普段から交流があったので主人も信頼していたのだと思います。

この先生は主に漢方を主としている先生でした。ある日その先生から突然違う病院を紹介されました。

二〇一〇年の五月の連休明けだったと思います。主人は紹介された病院へ行き検査してもらったのですが、そこで即また、違う病院を紹介されました。そして再度紹介された病院での検査の結果、即入院となりました。

病状はかなり深刻でした。

担当の先生からの説明があるとのことで私は病院へ行きました。

説明で本人にも病名はすぐに伝えられました。

病名は大腸癌でした。

お腹が苦しかったのも当然です。完全に腸が塞がれて食べ物が腸を通らなくなっていました。逆に今までよく食べたり飲んだりできたと思うぐらい症状は末期でした。

すぐに手術の日程が伝えられましたが、かなり進行していて別の臓器、肝臓にもすでに転移しているとのこと、そして余命は約二年と告げられました。

体調が普段とは少し違うぐらいは感じてはいましたが、本人が特に痛みなどを訴えていたわけでもなく他に自分で分かる症状も言わなかったので私達家族もそんなに大ごとだとは思ってもいませんでした。

でも後で知ったことですが、主人は自分の体調が大分悪くなり始めた時、自覚症状はあったようなのです。私達家族には何も言いませんでしたが大分前から出血があり、明らかにおかしいことは自分でも分かっていたようなのです。でも病院に行かず先延ばしにし、今となってしまったようでした。

説明を聞いたその病院からの帰り道、私の脳裏には今までのいろいろな出来事が浮かんでで涙が溢れ止まりませんでした。

家に帰った私は子供達に主人のことを伝えました。理解できたかどうかは分かりませんが姑にも主人が癌で入院したことを伝えました。なんと、そのことを伝えた数日後、今度は姑が脳梗塞で意識がなく救急車を呼び、こちらもそのまま入院。先生からの説明ではだいぶ脳梗塞が広がっているとのこと。様子を診て今後の事態に備えることになりました。

入院中の主人にも電話で姑の容態は伝え、依然意識がない状態でしたが私達家族もできる限り姑に面会に行きました。

しかし入院して数日後、姑は息をひきとりました。七十九歳でした。

孫、そしてひ孫に看取られて逝きました。その頃にはとても痩せていて前の恰幅のいい姑の面影はありませんでした。

その時私は、姑は息子に先立たれないように、主人を生かそうと、そして生きていることを確認し見守って安心して逝ったかのようにも思い感慨深く思えました。

そして主人はその翌日の自分の手術で体調があまり良くない中、姑の葬式の準備のため外出してお寺に来るなど慌ただしかったのを覚えています。

主人の手術当日はその様子をモニターで見ました。そして切り取った腸も見せてもらいました。でも他に転移した部分までは取りきることはできなかったとのことでした。

そして、別の部屋で手術の様子を見ていた私は手術を終えたばかりの主人に会いました。少し麻酔から目覚めた主人に言葉をかけたのですが、涙が溢れてきて何も言葉になりませんでした。今こうして生きていてくれていることに感謝して涙が溢れてきました。

その時、私の声が主人に聞こえたようで主人はうなずいていました。

こんなに弱っている主人を見たのは初めてだったかもしれません。とても小さく見えました。

今は手術した翌日から早くもなるべく自分で体を動かすようにリハビリがはじまるのには驚きました。翌日病院に行くとベッドの上で安静かと思いきや早速主人も自分で歩いて自分で頭を洗うなど指導されていました。凄い回復力です。

その時見せてもらった大きく切られたお腹の傷がとても痛々しかったのを覚えています。

結局姑のお葬式は主人不在で私が喪主を務め何とか終えることができました。

生前看護師をしていた姑は看護師長までやられたこともあり人望が厚く病院関係の方が

多く来られていました。

姑のお葬式が終わり一段落ではありましたが、やはり主人の容態は心配でした。入院したその日から、私は毎日病院へ通いました。

五月に入院、手術をし、退院したのは確かその年の八月だったと思います。八月といえば仙台では仙台七夕祭り。その前夜祭の花火を見ようと病室に子供達を呼んで家族で花火を見たのを覚えています。その時に本人もまさか病室で花火を見ることになるとは思っていなかったようで、「思っていたより大分長い入院生活だったな」とつぶやいていました。私もこの四カ月間、毎日のように病院に面会というより身の回りの世話をしに行っていました。少しからだの調子がよくなってきた主人は食べたいものなどがあると毎日のように電話をしてきていました。その度に頼まれた物を差し入れしていました。特に病院食の夜のご飯は食べないことが多く、私が主人の代わりに食べていたように思います。そして、約四カ月の入院生活を終え、やっと退院することができたのです。

今まで家でじっとしていたことがなく毎日のように何処かに出かけていた主人だったので退院したらどうするのかなと思いきや案の定、早速自分のホームグラウンドの海の様子を見に出かけたのでした。

行ったら海に入らないはずもなく、前のようにサーフィンをできる喜びもあったのでしょう、それから毎日のように、また海に出かけていました。

その頃は確か長女が家に居たので長女とその娘、いわゆる孫と一緒によく出かけていました。

最近まで入院をしていたにもかかわらず、その時の主人は体型も入院前と変化なく以前と変わらず毎日のようにサーフィンをしていたので病気を患っているようには思えませんでした。

時には当時大学生だった二女も連れたり私も一緒に出かけたりと、それまで主人のサーフィンをやっている姿などあまり見たことがなかった私達は主人の病気を機に毎日のように付き添って海に出かけていたのです。

冬になり、さすがにサーフィンはお休みかと思いきや相変わらず行動力のある主人は雪が降っていても海に入れる日はサーフィンを楽しんでいました。

姑の死、主人の入院といろいろあった二〇一〇年、主人の体ももちこたえて何事もなく二〇一一年を迎えることができました。

医者から言われた余命二年が常に私の頭の片隅にありました。でも、もしかしたら奇跡が起き、この先何年も生存することもあり得るかもしれないという希望もどこかでもち続けていました。

体調は平常を保ってはいたものの年を越す頃には主人の顔や体型が心なしか少し痩せてきているように感じられました。

主人は前々からハワイやグアム、バリ島など海外の海に行ってサーフィンをしたいとよく言っていたのですが、今回の病気になったことで、あまり自分には時間がないと思ったのかもしれません。どこに行こうかと現実味をおびてきたのです。結局二月の中旬に行き先はハワイと決まり、一緒に長男が行くことになりました。実はこのハワイ行きや日程はサーフィン仲間でもある知り合いで結婚する方がいるため、それに出席、お祝いをかねていました。

主人はハワイでの旅程を頭の中で緻密にシミュレーションしており、その準備周到さが凄かったのです。

出発してハワイに着いてからの予定をびっしりと書き、パンフレットを見ながら道路を確認。まるで行ったことがあるかのように頭の中に入れていました。

約一週間のハワイ旅行、念願のサーフィンを楽しんできたようでした。帰ってきた長男の話によると現地でレンタカーを借りたようなのですが、主人の頭の中にはどこの道をどう行けばいいのか、どこに何があるのかなど明確に入っていて、その通りに行けばそこに辿り着いたりと何回か行ったことがあるんじゃないかと思うぐらいびっくりさせられたとのことでした。

家族や知り合いの方へのお土産にTシャツやキーホルダーなどたくさん買ってきていました。私へのお土産はネックレスでした。何年かぶり、いいえ何十年ぶりかぐらいのお土産でした。

やっと念願のサーフィンをしにハワイへ行き思い出を作ってこれた主人に、これが最後かもと思っていましたが、主人は帰ってくるなり「今度また、何処かに行きたいな」と早くも次への願望を言っていました。

そして、それから約一カ月後、誰もが忘れられない三月十一日、あの東日本大震災が起こったのです。

震災が起きたことを考えると、あの時主人がハワイに行けたことはタイミングとしては良かったのかもしれません。もしあの時行っていなければ、おそらく一生行けないまま終わっていたでしょう。

この日主人は経営している釣り具店のパンフレットを印刷してもらおうと、いつも頼んでいる印刷屋に出かけ、私はお店にいたのですが、午後二時四十六分に地震が起こりました。店内には数名のお客さんがいたのですが、あっという間に店内は物が散乱しとんでもないことになりました。電気がつかなくなり明らかに今まで経験のない状況に……。

そして印刷屋に行ったはずの主人が帰ってくるなり「凄い揺れで道路もあちこち通行できないようになっている」と言うのです。

あきらかにいつもの地震とは違います。

仕事を終え私と主人は道路が混雑している時などに時々通る裏道があったので、メインの道路ではなくその道を通り家へと急ぎました。

とりあえず仕事場から家への道は大丈夫でしたが、家に着き、そこで見た光景は玄関の扉を開けるとまず、靴箱にあった靴が全て飛び出て山のようになっており玄関から家の中へ入ることすら困難でした。

そして、台所は床が見えないほど電子レンジ、トースター、食器などあらゆるものが散乱していました。そして水道、電気、ガス全てが使えない状況であることを確信し、これからの生活を考えたのでした。

この日長女は娘を連れ二女とデパートに出かけていたようなのですが、エレベーターの扉が開いたり閉まったり映画さながらの状況で、また天井から水が漏れ出し、当然ながら店内にいた客がパニックになっていたとのこと。娘達は小さい子を連れていたためその子を守ろうと、それを第一に思い必死に車のある駐車場に急いだそうです。なんとか駐車場についた娘達ですが地震の揺れで隣の車同士でぶつかり合ったこともありフロントガラスにひびが入っていました。帰りの渋滞は凄いもので、かなりの時間がかかったようですが、どうにかそこから抜け出し無事家に着くことができたようです。

そして三女は、この日は運転免許センターに行っていたようですが、海辺からは離れている所だったので無事でした。そして二男は中学校の卒業式の前日でした。長男はこの日は県内にいたものの時間が少しずれていれば帰りの渋滞に巻き込まれてどうなっていたか分からないような状況だったようです。この今起こった現状を把握し、すぐさま玄関を片付け、台所を片付け、ストーブでお湯を沸かし、簡単に調理できるものでその日の夕食は済ませた気がします。

幸い家族の誰一人負傷した人もなく皆元気で一安心でした。その日は雪がぱらついていてものすごく寒い日だったのを覚えています。今でも私の脳裏にはニュースでよく流れていた、まさしく九死に一生そのものの光景がやきついています。家にはその夜、知り合いの人が何人か来て十畳ぐらいのリビングの部屋にストーブ一つ置き、しかし何度とある強い揺れとストーブをつけながらの就寝だったので、もし揺れで倒れでもしたら等考えて安眠できるわけもなく、また寒さもあり一睡もできませんでした。多分あの時、皆が寒さと今の現実との不安で心が病んでいたと思います。

主人は車の方が寝やすいと長女と孫とで一晩エンジンをかけ、車で一夜を過ごしました。夜が明け、改めて現実に直面し……そして唯一の情報元である携帯で、今の現状を知りました。今こうして建物の中にいることだけでもありがたいことなんだと痛感させられました。その中にはとてもショックなものがあり、私達は今こうして生きていることだけでもと、複雑な思いになったのを覚えています。

幸い家は一部損壊ではあったものの生活はできる範囲でしたので、いきなり今日住む処がなく避難しなければならないということはなかったので本当にありがたかったです。

後で思ったのですが、主人は毎日のようにサーフィンをしに海に行っていました。ですからいつもなら震災のあったあの時間は大概海にいるのです。しかし震災の時だけその時間海に行かなかったことを考えると何か知らせがあったのかとも勝手に思ってしまうのでした。

震災の翌日でしょうか、主人は早速玄関に置く靴箱を作りました。余っている木材を持ってきて一人で作り上げました。そんなに前ほどの体力はなかったと思います。しかし本当にバイタリティーのある人です。何でも自分でやってしまう人です。この靴箱が主人の手作りの最後の作品となったのです。

私達の家では主人がよく日頃の食材を買ってきていました。量もおかまいなしに結構買う方だったので普段から食材には困りませんでした。逆にあまってしまわないように、無駄にしないようにするのが大変でした。冷蔵庫の中はいつもパンパン状態でしたのでいきなり何も食べ物がないということにはなりませんでした。それにこの時は娘の友達がお弁当屋さんで働いていたこともあり、食料を持ってきてくれたりしたので、家族以外にも親戚の人が来るなど多い時で十人ぐらいの人が寝泊まりしていた時もありましたが、食料には困りませんでした。食料には困ってはいなかったものの何かあった時のためにやはり備えはしておきたいもので、近くのスーパーが震災後、時間限定で開店したときには小雨や雪が降る中毎日のように長蛇の列に並んでいたのを思い出します。あとで冷静に考えれば、その時そんなに必要でないものまで買っていました。並んだといえば、あの時ガソリンスタンドにも毎日のように長蛇の列に並んだものでした。物や数にも限りがありましたが、私達は毎日のように先の見えない不安に立ち向かっていました。少し言い過ぎでしょうか。

幸い私達の住んでいたところは三日目ぐらいには電気が復旧し、その後もライフラインは大分復旧したので他のところに比べれば生活する環境になるのにかなり早かったように思います。

この地震のため病院も何もかもが機能しなくなりました。主人は退院してからも月何度かの通院をし前みたいにサーフィンをするなど元気で容態は安定していました。しかし、この震災が起こったことで主人の体に変化が起こりました。ちょうど病院からもらっていた薬がなくなってきたのです。すぐ病院に連絡するも、病院もまだ機能しておらず薬も用意できず患者の受け入れもしていないとのこと、どうすることもできませんでした。

そのあたりから主人の目が少し黄色くなってきたのです。そして体も少し……震災から二週間ほど過ぎた頃でしょうか。

少し弱りはじめた主人を連れて私は病院へと向かいました。診察後、即入院となりました。その時の主人はすっかり弱々しくなっていてとても小さく見えました。震災前まではどうにか元気でいてくれていたのに、病人ということすら忘れてしまうぐらい元気だったのに段々弱っていく主人を見るのがつらくてたまりませんでした。

震災が原因なのか。そもそも主人の体力の限界なのか。

医者には「万が一の時のことも考えておいてください」と言われ、涙が溢れ出ました。

本人も私の様子などから自分の現状を察知したのだと思います。

「医者からなんて言われた？　もうだめだって？」と聞いてきました。

私はとっさに違うという意味で声にならない声で「う〜」と言いながら首を横に振りました。

でも主人には私の様子から自分の今の体の状況があまり良くないということは分かっていたようです。

なるべく入院生活は患者の思うようにという先生の気持ちもあり、この頃には外泊、外出は本人の希望通りにさせてもらいました。

昔から温泉好きの夫は「温泉に行きたい」と言っていたので、少し容態が安定して出かけられるようになると、毎週のようにお蕎麦を食べに、温泉も兼ねて連れて行くようにし、なるべく思い出を作ってあげようと思いました。

一カ月、二カ月が過ぎようとしていても震災の爪あとは激しく、あちらこちらの道路では通行止めなどがあったりして、まともに通れない場所がまだまだ数々ありました。

癌の手術をしてから約一年後の五月のゴールデンウイークに大分調子がいいのか知り合いに誘われ久しぶりに趣味でもあるバイクを見ようと、とあるサーキットに行きました。

そこには前より力もないはずなのに知り合いの方のバイクにまたがせてもらい微笑んで

普段と変わらず動こうとしている主人がいました。

そして学生の頃からバイクに乗っていて趣味にしろ仕事にしろやりたいことをいろいろやってきた主人は、「やはりバイクのエンジンとか聞いていると何かいいね」そう言っていました。

でも、この頃になると気持ちの浮き沈みが激しく調子が良いときはいいのですが、調子が悪いと見ていられないほどの時もありました。

時々知り合いの方がお見舞いに来た時などは調子も良く声も出ていていいですが、そうでない時は声を聞き取ることも難しいぐらい話せなくなっている時もありました。

土、日は外泊許可をもらい、なるべく釣り具店に行き平日は子供達の誰かが主人を連れて出かける、これが日課になっていました。

昔からどこにでも出かけ行動力のあった主人は、どんなに弱った体でもベッドで安静にしているということは決してしませんでした。

みんなで出かけて昼食を食べるのが楽しかったのでしょう。今までは主人主体で何処かに出かけるのも何をするのも皆が主人について行く、そんな生活だったのに、今では子供達が主人を連れて歩いている。毎日、今日はここに行きたいと行きたい所を言ってきては主人を連れお昼を皆で食べる。そしてまた、病院に戻る。このような生活をしばらくしていましたが、ある日担当医から在宅看護を勧められました。

そのことを病室で主人に言うと、主人も覚悟を決めたようでした。その後二人の間に何分かの沈黙がありました。私は必死で涙をこらえました。

これがどういう意味を持つのか。

もはやこれ以上病院にいても手の施しようがなく、どうにもできないという最終宣告でした。

六月の上旬、主人は久しぶりに家に帰ってきました。

こうして、この日から自宅療養が始まったのです。

私が仕事で毎日お店に出かけていると、お昼過ぎ頃には「まだ帰ってこないの？」と何処かに出かけたい主人から電話がよくかかってきたものです。この頃の主人は一人でかろうじて歩けるものの一歩を踏み出すのがやっとで体を支えてあげないと不安定な状態でした。声も徐々に張りがなく聞き取りにくくなっていました。

何もかもが弱々しくなっていました。

自宅療養になり、毎日看護師が来てくれるようになりました。そして、その日の様子をノートに書き入れ、それを家族が確認し気になったことなどあれば書いておくというやりとりをしました。それはまさに患者の命を繋ぐノートでした。

今こうして書いている中で、ある場面が私の脳裏に浮かんできました。それは家族全員でファミレスに行った時の事です。この頃には車イスで移動するようになっていました。みんなでごはんを食べに来られたのがとてもうれしかったのでしょう。誰か子供がその場でじょうだんか何か言ったのでみんなで爆笑したのですが、その時主人を見ると楽しそうに笑っていました。その光景が、あの時の主人のとてもなごやかな顔が思い出されました。

最初の頃は薬もきちんと飲むことができたのですが、徐々に薬を飲むことさえも容易ではなくなってきていました。顔も大分痩せこけ足はむくみがひどく毎日マッサージをしてあげていました。お腹は水がたまりお腹だけ異様に出ていて歩くのもやっとという感じでした。

ベッドも自動で動くものに替え自分で寝起きができるものにしました。動くのが容易ではなくなっても主人はベッドで寝ているような人ではなくお風呂にも毎日一人で入り自分でできることはしていました。

車の振動にも苦しくなってきたにもかかわらず誰かに連れられて毎日車で出かけるのを楽しみにしていました。

入退院を繰り返してのこの二年間、主人の事が心配で夜眠れなかったりする一方で、病気になってまでも未だに私に小言や時おり物事に切れてくる主人には腹が立ったりといろいろな感情が入り乱れていました。

六月に退院してから私は主人の背中を見て何度涙したでしょう。

あんなに強くて広い頼りがいのあった背中が今では、細く、弱々しく、寂しく感じられ、そしてお風呂に入るときの後ろ姿、ベッドに行く時の後ろ姿、出かける時の後ろ姿、テレビを観ているときの後ろ姿、ソファーに横になっている時の後ろ姿が、とても小さく小さく見えました。

七月に入った辺りに、担当の先生から「いつ万が一のことがあってもおかしくないので覚悟しておいてください」と電話がきました。この言葉は前の病院についで二度目です。

そして「もし出かけている途中でそのようなことが起きても冷静になって私達に連絡してください」とのことでした。

私は涙が止まりませんでした。

そしてその年の七月某日、主人の五十二歳の誕生日を何とか迎えることができたのです。誕生日ケーキを用意しお祝いしましたが、主人はケーキを一口も口にすることはありませんでした。

そして翌日、いつもと変わらず主人は子供達に連れられて一緒に出かけました。

この頃にはご飯も何口ぐらいか食べられればいいほうでした。

この日のお昼は主人の希望のラーメン屋さんに入ったそうです。そして一口ぐらいで昼食を終え、皆が食べ終わるのを待っていたといいます。

この日はお腹にたまっている水が苦しいとのことで担当医に来てもらって抜いてもらう予定になっていました。

そして、出先から帰ってきた主人は家に帰りシャワーを浴びたそうなのですが、シャワーがお湯にならず冷たかったと言っていると子供から仕事場に電話がかかってきました。

仕事を終え家に帰った私は早速シャワーを確認しました。確かに水しか出てこなかったのですが、ちょっとした調整でお湯になりました。昔からお風呂が好きで風邪をひいてもお風呂に入る人だったので、この日も出かけてシャワーを浴びたくなったのでしょう。動くこともままならなくなってきた今でもシャワーを浴びようとするなんて、なかなかお湯にならず水のままシャワーを終えたようなのですが、いくら夏とはいえ水しか出てこなくて寒かっただろうにと胸が締め付けられました。その夜、主人はもう一度お風呂に入り温まりました。

その後、いつものように足のむくみを和らげようと私は主人の足をマッサージしていました。夜九時頃だったでしょうか。テレビを観ながらソファーで主人はくつろいでいました。

時おり私が問いかけると返事をしていたのですが、十時三十分過ぎぐらいから返事が一段と弱くなりました。私が「パパ大丈夫？」と聞くと、かすかに首を縦にふりました。私はそれから確認するように何度となく主人に「パパ大丈夫？」と聞きました。肩で息をしてかすかに「うん」という返事が返ってきました。生きている。生きていると私は心の中で感じていました。しかし、その後の何度かの問いかけに主人の声は聞こえなくなりました。

何度か「パパ、パパ」と繰り返し言ったのですが、返事はありませんでした。

遂に現実を受けとめる時がきました。

それでも私は、「パパ、パパ」と何度も言い続けました。でも返事はやはり戻ってきませんでした。

誕生日の翌日、亡くなったその日も日中いつもと変わらず子供達と出かけいつもの生活をし自分の家で最期は眠るように静かにこの世を去りました。まるで、誕生日まで絶対生きてやるとでも気力をもっていたのでしょうか。そして、翌日安心して逝ったかのようにも思えました。

今まで医者からはいろいろ酷な宣告は受けていたので覚悟はしていました。病気が分かって入院、手術から約一年ちょっと、主人でもやはり病気には勝てませんでした。今まで誰もが経験したことのないような大震災があり、これがなかったら、もしかしてまだ生きていたかもという気持ちは六年以上経った今でもあります。

その後、看護師に電話をして自宅に来てもらい死亡を確認してもらいました。すぐ子供達皆にも連絡、それぞれお別れをしました。

夜十時四十五分のことでした。

この年の夏はとくに暑く、真夏日がいつもより続いていたように思います。

主人との夫婦生活は二十五年、ちなみに銀婚式にあたります。

いろいろなことがありましたが、その時私が言った最後の言葉は「パパありがとう」でした。

今では孫も二人増えて五人になりました。また今年の秋には三女が母親になり六人目が生まれる予定です。

見守っていてください。……パパへ。

平成二十二年五月某日

担当の医師から今の病状の説明を主人と二人で聞く。
大腸癌の疑いと聞き涙が出た。かなりショックを受ける。しかも、肝臓にまで転移していると聞きあまりにも症状が悪化していたのでもの凄く愕然としてしまった。プリンやヨーグルトも食べてはいけなくなった。

五月某日

一夜明けたが涙が止まらない。
スープやポカリ等しか飲むことが出来なくなった。
手術の日程が決まる。

五月某日

飲み物も禁止となる。
手術の事について担当医から子供達と説明を受ける。
かなり症状が悪いことに改めて涙が溢れた。

五月某日

おばあちゃん夜脳梗塞で倒れ救急車で運ばれ入院。

五月某日
おばあちゃん朝になり病状がますます悪化。十五時十六分死亡。主人は病人なのにお葬式の準備をせわしなくして疲れ切っていた。明日大腸癌の手術なのに。

五月某日
九時三十分からの手術。モニターで主人のお腹の中の様子を子供達と見る。かなり鮮明だった。その後切ったS状結腸の癌の部分を実際見て説明を受ける。その他の部分にもかなり転移があり全部取り切れなかったと主治医から説明を受け涙がとまらなくなった。
余命という言葉がちらついた。手術が終わり主人と面会出来た。涙が溢れて何も言えなくなった。主人は「痛い」と連呼していて麻酔から醒めていた。
私が泣いていたのが分かったのか主人は「大丈夫だ」と言った。手術したばかりの体なのにまた、葬式の事を気にしていた。せわしい人だ。

五月某日
今日は亡くなったおばあちゃんの火葬の日。
主人が集中治療室から一般病棟に移ったと連絡あり夜病院に行って説明を受ける。尿管と腎臓をつないでいる管から尿がもれたので、その処置をするという事だった。
主人の髪をあらってあげる。

五月某日

今日から水三〇〇ccまでなら飲めるようになった。

経過は良好。便も出た。尿も管を外し自分でおしっこを出来るようになった。

五月某日

朝主人から電話。ラーメンのスープが飲みたいので作って持って来てほしいという事だった。声も前に比べて普通に出ていた。

五月某日

ポカリも飲んでいた。スープも少し飲んだ。

お昼からおもゆご飯がでた。夜も食べたのでお腹いっぱいになって具合が悪くなったようだ。

五月某日

ご飯を食べお腹いっぱいになり具合が悪く一日調子が悪かった。外出して家でシャワーを浴びた。

五月某日

パンだとお腹にはいるようだ。

管もとれ、だいぶ動きやすくなったようだ。体重は五、六kg痩せたようだ。

外出して家で孫と一緒にお風呂に入る。

五月某日
夕食は家族集まって食べた。主人は鰻、かもどん、しじみ汁を少しずつ食べた。

五月某日
最近ご飯は普通に食べている。

六月初旬
一時退院したが具合があまりよくないようで機嫌が悪かった。

六月某日
また入院。大腸の検査をする。大腸には問題なし。今後の抗がん剤の説明を受ける。
夕飯は家族皆で食べる。

六月某日
最近では外泊したときなど自分で車の運転をするようになる。
主人が入院して一カ月になった。見かけは元気そうに見えるけど……。

六月某日
朝から具合が悪いようだ。

熱もでた。

六月某日

微熱が一週間ほど続いている。
食欲はあるのだが。

六月下旬

抗がん剤治療始めるが、アレルギー反応が出たため止める。
最近気持ちの変化にムラがある。

七月初旬

血液検査で異常が無かったため退院となる。
山形におそばを食べに行く。
早速海に入る。
主人の誕生日会をする。

七月中旬

体調が悪い。
またもや入院となる。

七月下旬
食欲はある。
四十八時間点滴をする。

八月某日
今日は花火大会の日、皆で病院に行って病室で観た。
次の日早速海に遊びに行く。
最近大分動けるようになった。

八月某日
退院する。
最近主人の言葉にムカつく事が多くイライラしてしまう。

平成二十三年三月某日
容態が悪くなり入院医師から説明を受ける。

悲しくて涙が止まらない。

黄疸がでた。

最近の主人の元気のない姿には涙が出てしまう。

まだまだ生きてもらわなければ……口うるさいし頭にくることも、でも、もっと生きてもらわないと困るよ。

三月某日

昨日は大分泣きつかれてしまった……どうかまだまだ何年も生きてください。

三月下旬

朝から何回も電話がくる。頼み事がますます多くなる。
胃が少し小さくなってお腹の苦しさも大分引いたようだ。
黄疸はまだあるが昨日よりは少し良くなったようにみえる。
薬が効いているのか食べ物の許可もでた。
今日はミカンゼリーを食べ牛乳を飲んだ。

四月某日

早くも四月になる。
主人の調子は大分黄疸は弱くなっている気はするが……。
今日の夜はバナナとデコポン一個食べる。
病室が個室から大部屋に移る。
主人のわがままぶりで一日で三回も病院へ行き疲れが出た。

四月某日

久しぶりに嬉しいニュース。
二男が高校合格し進路が決まった。そのお祝いに中華屋に行ったが主人は辛そうだった。

四月中旬

この日の主人はもの凄く疲れているようで動けない姿が見ていられなくなる。
喧嘩になったりして頭にくることも多いが体を動かすのが辛そうになっている主人を見るのは辛い。

四月某日

元々麺類は好きなのだが最近では食感が変わったようで柔らかいものでも硬く感じるようだ。

四月中旬

主治医から今後の話を聞く。それによると今後なかなか厳しそうだ。
今までは、ばれないように主人の前では涙を流した事は無かったが、今日は主人の前で涙が流れた。あまり主人の命が永くないような説明を受ける。どうにかまた、奇跡を起こしてまだまだ生きてほしい。最近、主人の一言一言に頭に来たりで喧嘩することも多かったがやはり死んでは困る。ムカついたり泣いたりと子供たちから見たらまたかと思うだろうが涙が止まらなくなる。

五月初旬

この日の夕飯はいつになく食べたが最近お腹が張るらしく動くのもつらそうだ。起き上がるのでさえ辛そうなのがわかる。本当に動けなくなってしまった。前の主人に戻ってほしい。黄疸は少し良くなったが肝臓の状態が良くないらしく抗がん剤の治療が始められない。久しぶりに山形の温泉へ知り合いと娘夫婦達と行って来た。しかし、ほとんど寝ている状態になってしまった。

五月某日

また入院になった。起き上がるのでさえ最近は引っ張って起こしてあげないと辛そうである。痩せこけて歩くのでさえひどそうだ。寝ている方が立っている時よりは楽なようであるが首と背中が痛いようで時々叫び声をあげる。病院では車椅子でないとトイレもひどそうである。夜のご飯は何も食べていない。

五月某日

朝から病院へ行き主人の世話をする。ポカリ・牛乳は飲んだが後は何も食べていない。あまり調子が良くない。

五月中旬

調子が良くないのに山形の温泉に行きたいとのこと。三女を連れ行ったがお風呂も一人では入ることができずご飯もほとんど食べることが出来ず車で休んでいる状態だった。こっちまで疲れた。車中で何回も口喧嘩になる。でも、涙が出るよ。

五月某日

この日は朝から何も食べていない。持って行ったヨーグルト半分は食べた。主治医から今の状況を聞く。状態としては厳しいようだ。肝臓の機能が大分悪くなっているらしい。急な変化がない事を願う。半分は覚悟しているが半分はまだ、理解出来ない。したくない。その日がくるのが怖い。恐ろしい。これから誰を頼って生きていけばいいのだろう。支え棒がない。不安だ。

六月上旬

この日は孫の誕生会をする。
いつもよりはご飯を食べる事が出来た。

六月某日

在宅看護の事で話し合う。
明日退院が決まる。
夜熱がでる。

六月某日

最近眠れないようで入眠剤を飲むも寝付けない。

脇腹が痛いとのこと。

足のむくみがひどくなってきた。

ふらつきあり。

一日ベッドで寝ていた。

六月某日

今日は暑い一日でした。昨夜は眠れなかったようで一日中調子が悪かったがお昼ご飯を食べに行きたいと言うので行ったが調子が悪く全然食べられなかった。夕方担当の先生がみえた。午前中は看護師さんが来てくれた。最近大分弱音をはくようになった。主人でも気が弱くなることがあるんだな……。お腹に溜まった水を抜いた。

六月下旬

電動ベッドを入れる。昨夜ベッドからおきあがって移動の時転んでしまった。それ以降足がますますふらつき一人では歩行も危なくなってきた。今日は昨日よりますます調子が悪いようだ。ほとんど言葉がわからなくなってきた。日々体力がなくなってきているのがわかる。

それでも、トイレ、お風呂は一人で出来ている。先週よりも動けなくなった。

今日は、外には出なかった。ますます何を話しているのかわからなくなった。

七月某日

暑い日が続いている。足のマッサージが気持ちいいみたい。今日もお腹に溜まった水をぬいてもらう。座っていても寝ていても骨が痛くてつらそうだ。最近は何もほとんど食べなくなった。大丈夫か。本当に心配だ。それでも毎日のように外に出たがるのはすごい！　お風呂も毎日入る。これから本当に奇跡はおこらないのかな？

七月八日

呼吸がだいぶ荒く、少し苦しそうだったので錠剤の薬を飲ませました。

夜仕事場から帰ってきて、いつも通りパパといた。

呼吸が今日はずいぶん荒いように感じると思った。

夜九時過ぎくらい、やけに荒い、パパに何度か「大丈夫？」と聞くと「うん」と答えた。そのくり返しが何度かつづいた。肩で息をしていたので「本当に大丈夫？　パパ？」と聞いたパパは「うん」と言った。

でもそのうち呼吸があさくなり、眠るように息をひきとった。

当日も今までと同じに車で出かけ、ラーメンを食べ（少し）お風呂に入りこの日はなぜか二回入った。いつものように会話をし、足のマッサージをし、パパについていた。こんなにあっけなくいくなんて。でも息は荒く苦しいのかな？　と思ったけど眠るように静かに息をひきとった。自宅で……。

七月八日㊎夜十時四十五分の事だった。

ごくろうさま今まで
ありがとうパパ……ママより

愛（あい）

昭和40年８月26日生まれ。地元の高校卒業後、仙台の専門学校入学。昭和60年８月結婚、二男三女を授かる。

主人の背中

2017年10月17日　初版第１刷発行

著　者　愛
発行者　中 田 典 昭
発行所　東京図書出版
発売元　株式会社 リフレ出版
〒113-0021　東京都文京区本駒込 3-10-4
電話 (03)3823-9171　FAX 0120-41-8080
印　刷　株式会社 ブレイン

ISBN978-4-86641-077-7 C0095
Printed in Japan 2017
落丁・乱丁はお取替えいたします。

ご意見、ご感想をお寄せ下さい。

［宛先］〒113-0021　東京都文京区本駒込 3-10-4
東京図書出版